LES
RÉPROUVÉS

ET

LES ÉLUS,

PAR ÉMILE SOUVESTRE.

TOME PREMIER.

PARIS,

W. COQUEBERT, ÉDITEUR

de l'Histoire des Français des divers états, par Monteil,

48, RUE JACOB.

1845.

LES RÉPROUVÉS ET LES ÉLUS.

LES
RÉPROUVÉS

ET

LES ÉLUS,

PAR ÉMILE SOUVESTRE.

TOME PREMIER.

PARIS

W. COQUEBERT, ÉDITEUR,

RUE JACOB, 48.

1845

AU LECTEUR.

Il y a un pays, en France, où la raison humaine n'a pas encore revêtu la robe des docteurs, où les hommes sont restés des enfants que l'on adoucit avec des chansons et que l'on instruit avec des histoires. Là, l'enseignement du bien n'a point été réduit à une algèbre sociale que l'on apprend par article; il flotte dans l'air avec les *guerz* des laboureurs armoricains ; il court de collines en collines, avec les *sônes* dialogués des jeunes pâtres ; il s'asseoit aux foyers des cabanes avec les récits des *discrévellerrs*. Aux symboles de la vieille sagesse viennent, chaque jour, s'ajouter les symboles de la sagesse moderne ; et, ces leçons vivantes, nées sur le même sol, de la même inspiration populaire, se maintiennent, l'une près de l'autre, sans contradictions, sans luttes, comme on voit le jeune enfant, l'homme fait et le vieillard former, au foyer commun, une seule famille.

Or, j'avais déjà recueilli un grand nombre de ces traditions, lorsqu'un soir, j'en entendis raconter une qui m'était complètement inconnue.

Le *discrévellerr* était un kloarek * à l'air

---

* Ecolier qui se rend à la ville pour étudier et se préparer à recevoir les ordres sacrés. Les *kloareks* bretons forment une classe à part dans la race armoricaine ; c'est l'an-

pensif, qui avait habité les villes assez longtemps pour avoir entendu, de près, le nouvel
orage qui gronde à tous les horizons. Il savait, sans doute, de quels maux se plaint notre
époque, et attendait, comme tant d'autres,
la *bonne nouvelle*. Mais, cette préoccupation
se cachait chez lui sous les formes transmises
par les pères.

Après avoir fait le signe de la croix, selon
la coutume des chrétiens, il raconta donc ce
qui suit :

Un jour que le Christ était assis sur son trône
de lumière, tout triste à la pensée des hommes,
voilà que l'ange noir et blanc parut à la porte
de son paradis, conduisant de nouveaux morts
qui venaient pour se faire juger.

— Que m'amènes-tu là, esprit ailé, demanda le Christ?

neau vivant qui lie la vieille tradition aux idées plus nouvelles. (*Voir les Derniers Bretons.*)

— Maître, ce sont les épis que la mort a aujourd'hui moissonnés pour toi, répondit l'ange noir et blanc. J'en ai fait deux gerbes, d'après leur apparence et le jugement de la terre. De ce côté, sont ceux qui ont été déclarés les *élus* par la justice humaine; de l'autre, ceux qu'elle a appelés *réprouvés*. Vois maintenant toi-même, ô Christ, et décide selon la vérité.

Jésus descendit alors de son trône, et l'ange lui montra, l'un après l'autre, les morts de chaque bande.

Il y avait parmi les *élus* de sages pères de famille qui s'étaient fait estimer par les prêtres et par les juges; des seigneurs qui étaient morts grandement honorés; des dames nobles, belles et connues pour leurs aumônes; des marchands enrichis par l'économie et le travail.

De l'autre côté, au rang des *réprouvés*, se trouvaient des filles portant sur leurs bras des enfants dont elles n'osaient nommer les pères; des hommes condamnés, à bon droit, par la justice humaine; des gens qui avaient mangé leur patrimoine en projets insensés; des femmes coupables que l'on avait lapidées, non avec les pierres du chemin, comme les Juifs, mais avec les injures et les mépris.

Jésus regarda longtemps la bande des *réprouvés* et celle des *élus*; puis se tournant vers l'ange, il lui dit :

— Le monde n'aime pas le bien du fond du cœur; mais il s'aime lui-même sans mesure. Tout ce qui le dérange est le mal, et il ne veut point se demander s'il est lui-même, de son côté, ce qu'il devrait être. Pour lui, les coupables ne sont pas ceux qui sont méchants, mais ceux qui sont autrement qu'il ne l'a permis. Il ne cherche ni la cause des fautes ni les remèdes qui pourraient guérir les hommes; il ressemble enfin au mauvais père qui trans-

mettrait à ses fils des infirmités et qui les pu-
nirait ensuite parce qu'ils sont faibles et mal-
sains.

Après avoir ainsi parlé, le Christ fit sortir
de leurs rangs un certain nombre de *réprouvés*
et un certain nombre d'*élus* ; il les toucha du
doigt, et l'ange vit avec étonnement que dans
le cœur de beaucoup d'*élus* se tordait un serpent, tandis que dans celui de beaucoup de
réprouvés brillait une étoile.

Alors Jésus lui dit :

— Chacun de ces serpents est un vice secret
qui a empoisonné toutes les actions de ceux-ci,
et chacune de ces étoiles est un amour caché
qui a racheté les fautes de ceux-là. Ne crois
donc plus aux jugements du monde, car il ne
s'arrête qu'aux apparences ; mais, quand tu
redescendras sur la terre, efforce-toi de faire
connaître, par tous les moyens et à tous, que

là sont les véritables *élus* et là les véritables *réprouvés*.

Telle fut la légende du Kloarek, et elle me laissa un profond souvenir. Bien des fois, depuis, je pensai à ces *deux bandes de morts* jugées par le Christ, et bien des fois l'idée me vint de les faire revivre. Cette tâche longtemps différée, je la tente enfin aujourd'hui; seulement, je me suis rappelé les recommandations de Jésus, demandant que l'on réformât les jugements de la terre, et j'ai tâché de laisser voir le serpent au cœur de ses *élus* et l'étoile au cœur de ses *réprouvés*.

PROLOGUE.

—

I

Une Maison isolée.

On a déjà remarqué bien des fois que chaque ville a, comme chaque homme, sa physionomie individuelle et facile à reconnaître. Ainsi, sans parler des apparences tranchées du port de mer, où tout sent le goudron, de la ville frontière cerclée de murailles et bardée de canons, de la cité manufacturière hérissée de cheminées gigantesques et

toujours enveloppée d'un nuage de fumée, il
y a les villes d'étude, comme Rennes et
Montpellier, où l'herbe perce les pavés, et
dont les vastes places ne sont traversées que
par des magistrats en toge ou par des profes-
seurs en simarre; il y a les villes historiques,
comme Arles, Orléans, Fontainebleau, où
l'on vous montre les arènes antiques, la
maison de Jeanne d'Arc et la table sur laquelle Napoléon signa son abdication; il y a
les villes à légendes, comme Strasbourg,
dont la vie se confond avec celle de sa cathé-
drale; les villes poétiques, comme Toulouse,
Dijon, Avignon; les villes royales comme
Versailles. Puis viennent celles dont le caractère extérieur ne doit rien au passé, mais à
je ne sais quel hasard pittoresque du ciel
ou du site; celle-ci agreste, celle-là mon-
daine, l'une coquette, l'autre négligée.

Or, parmi la variété infinie de ces dernières

physionomies, nous en connaissons une qui
mérite d'être spécialement mentionnée, c'est
celle de Château-Lavallière.

Château-Lavallière , qui ne peut passer précisément pour un bourg , n'est point non plus
tout-à-fait une ville. C'est ce que les pro-
vinciaux, qui ne se piquent point de beau
langage , appellent un *endroit*. Placé sur les
limites d'Indre-et-Loire , entre les départe-
ments de Loir-et-Cher , de la Sarthe et de
Maine-et-Loire , éloigné de toutes les grandes
voies de communication et caché , comme un
nid , au milieu de sa forêt , Château-Lavallière a , dans son aspect , quelque chose de
mystérieux et , pour ainsi dire , de romanes-
que. A voir ses rues désertes , sur lesquelles
s'ouvrent des portes basses et dérobées , ses
jardins enveloppés de murs qu'aucune claire-
voie n'interrompt , ses maisons précédées
d'une cour fermée , qui les voile , ses fenêtres

aux rideaux élégants mais toujours rabattus,
on dirait un de ces asiles où vont se cacher
les douleurs sans remèdes, les joies solitaires
et les amours menacés. Sur quelque toit que
l'œil se repose, on reconnaît la retraite où
l'on eût voulu se renfermer à vingt ans, avec
quelque femme adorée, dont on a oublié le
nom. Derrière chaque jardin s'étend la forêt,
promenade ouverte aux longs tête-à-tête et
aux longues rêveries; plus bas un étang bordé
de glaïeuls baigne les pieds de la colline. Les
bruits de la ville sont couverts par le murmure
du vent dans les arbres et par les chants des
oiseaux. De loin en loin seulement, un frois-
sement de roues effleure le pavé; une calèche
qui passe à demi-fermée laisse apercevoir
un voile flottant, une main gantée, puis
tout disparaît rapidement sous les immenses
avenues !

Tel on voit aujourd'hui Château-Lavallière,

tel on le voyait en 1819, époque à laquelle commence notre récit.

On se trouvait à la fin du mois de septembre ; le jour touchait à son déclin, et le soleil couchant jetait des lueurs d'incendie à travers les feuillages de la futaie.

Sur la lisière même de celle-ci existait alors une habitation isolée, à laquelle ses portes et ses persiennes, peintes de la couleur qu'affectionnait tant Rousseau, avaient fait donner le nom de *maison verte*. Bâtie entre cour et jardin, comme la plupart des demeures bourgeoises de Château-Lavallière, elle avait, dans son extérieur, quelque chose de plus mystérieux encore et de plus fermé que les maisons voisines. Mais si du dehors ses murailles gernies de verre brisé, sa porte à guichet grillé et sa cloche à chaîne de fer lui donnaient l'apparence d'un couvent ou d'une prison, à l'intérieur cette physionomie disparaissait

complètement, grâce à l'élégance du logis et
à la gaîté de ses abords.

La cour sur laquelle donnait la façade,
avait été transformée en parterre, garni de
plantes rares, et les murs eux-mêmes, cachés
sous les chèvrefeuilles, les jasmins et les
vignes vierges, ressemblaient à des massifs
de verdure. Vis-à-vis du perron, une coupe
de marbre s'élevait au milieu d'une touffe de
roseaux et laissait déborder ses eaux dans un
bassin où nageaient quelques poissons dorés,
tandis qu'un peu plus loin, un petit hamac
d'aloès suspendu à deux lilas, se balançait
doucement aux mouvements de la brise. Des
jouets d'enfant étaient éparpillés, de tous
côtés, sur le sable des allées, parmi l'herbe
fine des pelouses et le long des degrés qui
conduisaient à la maison.

Cet ensemble d'une prodigalité luxueuse
et fleurie servait, pour ainsi dire, de cadre à

un groupe placé au milieu même d'un parterre , et dont les personnages méritent un
examen détaillé.

La première figure qui frappait était celle
d'une femme encore jeune , assise sur un fauteuil de bambous ; dans l'attitude affaissée
d'une personne malade. Bien qu'on ne pût la
dire belle , ses traits avaient une expression
de douceur qu'illuminait par instants une
certaine flamme du regard. Celui-ci s'ani-
mait surtout lorsqu'il s'abaissait vers une
enfant assise plus bas sur les genoux d'une
jeune paysanne.

C'était une petite fille d'environ trois ans ,
mais dont les traits chétifs et pâles annon-
çaient une de ces enfances étiolées qui ne
peuvent éclore à la vie. A demi-renversée sur
le sein de sa nourrice , elle agitait languis-
samment les grelots d'un hochet qu'elle laissait retomber à chaque instant avec un cri

de souffrance ennuyée. Quoique l'air fût tiède
et qu'aucun souffle n'agitât les feuilles les
plus frêles, elle était enveloppée d'une pelisse
de satin, doublée de peau de cygne, et portait un bonnet de velours grenat qui laissait
paraître à peine quelques touffes de cheveux
d'un blond inanimé. Ses pieds, chaussés de
brodequins fourrés, pendaient sur l'herbe,
sans force et sans mouvement.

Quant au quatrième personnage, il avait
quarante ans. Vêtu d'une redingote noire
boutonnée jusqu'à la cravate, et les yeux
cachés par une paire de lunettes à doubles
verres, il tenait à la main une cravache de
cuir, dont il effleurait des bottes poudreuses
et garnies d'éperons. Malgré le sourire cons-
tant qui flottait sur son visage, un disciple de
Lavater eût étudié avec quelque défiance ces
lèvres serrées que le maître signale comme
l'indication d'une avarice tenace, et les par-

tisans de Gall se fussent presque effrayés de
- ce crâne triangulaire dont la forme rappelait
celle des animaux les moins nobles et les plus
amoureux du sang.

Mais, quelle que pût être l'*impression scientifique* produite par l'examen des traits et du
crâne de M. Vorel, le plus rigide observateur
l'eût difficilement conservée en l'entendant
parler. Sa voix avait une simplicité calme,
également éloignée de la brusquerie et de
l'affectation doucereuse. Semblable à certains
chanteurs, dont le timbre garde une expression émouvante sans qu'ils soient émus, le
docteur avait, dans l'accent, une justesse et
une franchise pour ainsi dire involontaires,
et, même en trompant, il conservait cette
voix loyale qui déroutait toutes les préven-
tions; c'était chez lui, plus que du calcul, plus
que de l'adresse; il avait reçu, en naissant,
le *don du mensonge*.

I.   2

Du reste, la première partie de sa vie avait été cruellement traversée. Sans nom, sans fortune, sans protecteurs, il n'était parvenu à acquérir une profession qu'à force de travail et d'humilité. Nature dominatrice, il s'était plié à toutes les volontés de ceux qui pouvaient le servir; esprit hardi, il avait coupé les ailes de son audace pour l'obliger à ramper! Cette transformation forcée, en tuant tout ce qu'il pouvait garder d'instinct heureux, avait, pour ainsi dire, envenimé ses vices! Ce qu'il y avait en lui de dur était devenu méchant; son désir de posséder s'était tourné en avarice insatiable, son insensibilité en malveillance. Entravé et meurtri par les hommes dès ses premiers pas, il s'était mis à les haïr, non de cette haine ouverte qui suppose encore la liberté, mais d'une haine sourde, cauteleuse, enchaînée, qui se contient par calcul et consent à l'attente, dans l'intérêt de sa sûreté.

Etabli d'abord à Trévières, en Normandie, il y avait fait la connaissance d'une riche propriétaire campagnarde connue dans le pays sous le nom de la mère Louis. La mère Louis, dont le mari, d'abord meunier, avait acquis une énorme fortune par l'achat des biens nationaux, était depuis long temps veuve, et faisait valoir elle-même le grand domaine des Motteux : c'était une femme violente, égoïste, aux façons grossières, mais dont on citait quelques bonnes actions, qui servaient d'excuse aux mauvaises. Elle avait bien reçu le jeune docteur, parce qu'il lui donnait des recettes pour ses rhumatismes, et qu'il soignait gratuitement ses bestiaux malades. Celui-ci en profita pour s'insinuer dans les bonnes grâces de la fille de la maison, et pour la demander en mariage. La propriétaire des Mot_

teux, comme on devait s'y attendre, rejeta de
bien loin une pareille prétention ; mais Vorel
détermina la fille à passer outre, au moyen
d'un de ces actes que le législateur a si plai-
samment appelés des *soumissions respectueuses*.
Le mariage eut lieu malgré la mère Louis, qui
fut, en outre, obligée de payer environ cent
mille écus qui revenaient à la jeune mariée
du chef de son père. Cette dernière circonstance souleva contre M. Vorel tous les parents
qui avaient des comptes à rendre à leurs filles,
et il s'ensuivit une espèce de réprobation qui
décida le médecin à quitter Trévières pour se
rendre en Tourraine et s'établir à Bourgueil,
où demeurait une partie de sa famille.

Devenu veuf au bout de quelques années, il
avait continué à y vivre avec un fils unique,
alors infirme et presque idiot.

Mais, outre la fille mariée au docteur Vorel,
la mère Louis avait un fils enlevé par la cons-

cription, et que le hasard de la guerre avait
favorisé. Promu de grade en grade sur le
champ de bataille, il avait eu, avec le mérite
alors commun de se bien battre, celui plus
rare de survivre; et Napoléon, qui commençait
à sentir le besoin de renouveler son état-major
de maréchaux gorgés et vieillis, l'avait successivement nommé général, puis baron.
Enfin, en 1810, il épousa mademoiselle de Ma-
zérais, dont la vieille noblesse devait servir
à étayer son titre de nouvelle date.

La chute de l'empire vint malheureusement
arrêter court toutes ses espérances. Le général
Louis en reçut la nouvelle en Vendée, où il
avait été envoyé pour étouffer l'insurrection,
et, soit douleur, soit hasard, il n'y survécut
que peu de jours. Sa veuve, après avoir habité
Paris quelque temps, vint enfin visiter des
propriétés qu'elle possédait en Tourraine, et
ce fut là qu'elle rencontra son beau-frère, sur

les instances duquel elle s'établit à Château-Lavallière.

Tels étaient les rapports existants entre le docteur Vorel et la baronne Louis, que nous avons tout-à-l'heure montrés au lecteur, assis ensemble sous un berceau de la *maison verte*.

Le médecin venait de se pencher vers l'enfant, dont les plaintes, d'abord faibles et entrecoupées, étaient insensiblement devenues plus bruyantes, lorsque la baronne s'écria :

— Mon Dieu ! docteur, Honorine paraît encore plus souffrante ce soir.

M. Vorel hocha la tête avec son sourire immuable.

— Qui vous fait croire cela? demanda-t-il, de sa voix douce et vibrante.

— N'entendez-vous pas ses cris ?

— L'enfant n'a point d'autre manière d'exprimer ses impressions et ses caprices; il crie, comme l'être raisonnable gronde, parle ou chante.

— Mais, Honorine pleure, docteur !

— La sécrétion des glandes lacrymales est toujours abondante à cet âge. On voit bien, ma sœur, que vous en êtes à votre premier enfant, tout vous inquiète.

— Mais songez qu'elle aura bientôt trois ans, reprit la mère, en montrant la petite fille malingre et abattue.

— Je le sais, répondit le médecin ; elle est née huit mois après la mort du général.

La malade fit un signe affirmatif.

— Pauvre Louis ! continua M. Vorel avec une bonhomie affectée, s'il eût vécu, quel bonheur pour lui de se trouver père !... et surtout quel bonheur inespéré ! car il m'a répété bien de fois qu'il n'y comptait plus. Il croyait avoir des raisons de croire... Enfin, il s'est trompé ! Mais il faut avouer, ma sœur, que ce voyage en Vendée, pour rejoindre le général, a été un heureux hasard !

La baronne ne répondit pas et se pencha vers l'enfant, dont elle agraffa la pelisse.

— Ne serait-il pas prudent de faire rentrer Honorine? demanda-t-elle après un court silence.

— Pourquoi cela? dit le médecin, il n'y a ni vent, ni humidité; vous exagérez les précautions.

— Hélas ! je ne sais, répliqua la veuve d'un accent ému; ne pouvant découvrir la cause des souffrances de ma fille, ni des miennes, je m'en prends à tout ce qui m'entoure. Lorsque je suis venue m'établir ici, j'espérais, d'après votre assurance, que le calme de cette habitation, l'exercice, l'air des bois nous rendraient la santé ; et depuis trois mois que nous y sommes, nos forces s'affaiblissent de jour en jour. L'air libre, le soleil, le parfum des fleurs, tout

ce qui fait vivre les autres, semble, pour nous,
un poison. Vous affectez en vain de ne pas
vous en apercevoir, les progrès du mal sont
visibles. Quand je sors, maintenant, les pay-
sannes que nous rencontrons n'arrêtent plus
Honorine pour demander son âge et l'embrasser; elles s'éloignent avec leurs enfants,
comme si elles craignaient quelque maligne
influence, et nous suivent de ce regard demi-
effrayé que le peuple jette aux mourants.

M. Vorel voulut l'interrompre.

—Oh! ne cherchez pas à nier, continua-
t-elle plus vivement; des explications médi-
cales ne pourraient rien changer à ce qui est;
je sens que la vie nous échappe, et cependant
il ne faut pas que ma fille meure, docteur !
Moi-même, je veux vivre pour elle, et puisque
notre séjour ici a si mal réussi, je désire tenter
un nouvel essai.

Le médecin la regarda.

— Vous songez à partir ? demanda-t-il brusquement.

— Oui, mon frère, répondit la baronne.

— Auriez-vous, par hasard, la pensée d'accepter l'invitation de la mère Louis, et de vous rendre aux Motteux ?

— Non, je craindrais de n'y trouver ni soins, ni repos; mais je veux tenter un voyage en Italie ; c'est une dernière ressource pour les désespérés !

— Et vous vous exposerez avec votre fille aux fatigues de cette longue route ? Vous oserez transporter votre maladie dans un pays étranger, où, si elle s'aggrave, vous ne trouverez ni amis, ni famille ?

— Pardonnez-moi docteur ; je ne serai point seule, ma sœur m'accompagnera.

— Madame la comtesse de Luxeuil ?

— J'ai su qu'elle allait visiter Naples; je lui ai écrit pour qu'elle me permît de la suivre avec Honorine, et elle a consenti. Tout cela a été décidé depuis votre dernière visite, et je vous en aurais instruit par une lettre si je ne vous avais attendu chaque jour; j'ignorais qu'une affaire vous eût appelé à Orléans.

M. Vorel ne put retenir un geste de dépit.

— J'admire votre miséricorde vraiment chrétienne, ma sœur, dit-il avec un accent d'amertume ironique; jeune fille, vous avez dû défendre votre fortune contre madame de Luxeuil; mariée, elle a essayé de calomnier votre intimité avec le duc de Saint-Alofe; veuve, elle a voulu jeter des doutes odieux sur la naissance de votre fille, et vous avez déjà tout pardonné !

— Ah ! pourquoi toucher à ces souvenirs, interrompit la malade, dont les yeux se remplirent de larmes; je voudrais les oublier ! A quoi bon me rappeler que ma sœur ne m'aime pas, que personne ne m'a jamais

aimée ! il en est de certains êtres, hélas !
comme des arbres que vous voyez là :
nés dans une mauvaise terre et exposés aux
vents du nord, ils ne servent à rien et ne
plaisent à personne !... Mais je ne veux
point m'arrêter sur ces pensées, je ne veux
songer qu'à ma fille ; il faut qu'elle re-
couvre la santé, qu'elle essaie d'un autre air,
d'une autre vie !

—Et en partant avec madame de Luxeuil,
fit observer le docteur, vous n'avez point réfléchi que vous vous mettiez à sa merci ? Vous
ne craignez point son égoïsme, sa tyrannie,
ses duretés ?

—Je ne crains que le mal d'Honorine, reprit
vivement la baronne ; ne me parlez point d'autre chose. Que pouvais-je faire d'ailleurs ? Ne
venez-vous point de me dire vous-même que
c'eût été folie de partir seule ? à qui donc
m'adresser ? Des étrangers voudraient-ils ac-

cepler pour compagnes de voyage une enfant
malade et une femme mourante ? Ma sœur,
du moins, aura pitié de nous.

M. Vorel secoua la tête.

— J'en suis sûre, continua vivement la
baronne ; quand elle a connu l'état alarmant
d'Honorine, elle s'est montrée inquiète, elle
m'a écrit sur-le-champ qu'elle voulait la voir.

— Sans doute, dit le médecin du même ton
amer, la maladie de votre fille l'occupe et
l'intéresse ! A défaut des enfants, les sœurs
sont légitimes héritières...

— Ah ! que dites-vous ? interrompit la
baronne avec un cri ; vous pourriez supposer...

— Je ne suppose rien, mais je comprends.

— Non, non, c'est impossible ! Vos pré-
ventions contre madame de Luxeuil vous
rendent injuste ; cela ne peut être, docteur,
cela n'est pas !... Ce serait trop horrible. Elle,

grand Dieu ! ma sœur, aurait pu penser que si ma fille.., Ah ! pauvre enfant, pauvre enfant !

Elle s'était penchée vers Honorine, qu'elle prit vivement dans ses bras en la couvrant de baisers et de larmes. Il y eut une assez longue pause. M. Vorel gardait un silence contraint, qui semblait confirmer et aggraver ce qu'il venait de dire ; enfin pourtant il reprit la parole et demanda à la malade quand elle comptait rejoindre madame de Luxeuil.

—Je ne la rejoins pas, répondit la baronne, elle vient me chercher.

— Ici ! Quand cela ?

— Au premier jour ; demain peut-être. Son départ dépend du docteur Darcy.

— Comment ?

— Vous savez qu'il devait faire ce voyage d'Italie en compagnie de ma sœur, dont il est l'ami dévoué.

— Je le sais.

— Eh bien ! en apprenant ma demande, il a pensé que sa présence pourrait être utile à deux malades...

— Et il vient à Château-Lavallière ?

— Avec madame de Luxeuil.

M. Vorel changea de visage et se leva brusquement.

— C'est-à-dire que mes soins ne vous suffisent plus, dit-il avec éclat ; vous avez pris en défiance le savoir du médecin de campagne, et vous voulez en appeler au médecin de Paris.

— Moi ! s'écria la baronne saisie, ah ! ne le croyez pas, mon frère ! Sur l'honneur ! je n'ai ni désiré, ni appelé M. Darcy.

— Qui peut alors l'avoir décidé ?

— Le départ de ma sœur d'abord, puis le désir de voir madame de Norsauf, qui se trouve à sa terre de Rillé. Ma volonté n'est

pour rien dans ce voyage, et le hasard seul a
tout fait.

— Hasard dont vous profiterez ?

— Vous-même en déciderez, docteur. Dé-
fendez-moi de consulter M. Darcy, et je ne
lui parlerai de rien. Que votre avis soit contraire au sien, et votre avis seul sera suivi.

— Est-ce bien vrai, ma sœur?

— Doutez-vous de ma parole, mon frère?
M. Vorel regarda la baronne et parut un
instant indécis.

— Non, dit-il enfin d'une voix adoucie, je
veux croire que tout ceci est fortuit, comme
vous me l'assurez. Si je me suis montré blessé
au premier abord, ne croyez pas que ce soit
par vanité de médecin; mais le cœur a aussi
ses susceptibilités.

— Oh ! je connais votre dévouement, dit
madame Louis en lui tendant la main.

Il la prit et la serra dans les siennes d'un air ému.

— Oui, reprit-il, j'ose dire que ce dévouement est sincère et désintéressé. Aussi n'abuserai-je point de la confiance que vous me témoignez. Vous consulterez le docteur Darcy, ma sœur ! L'opinion d'un homme aussi justement célèbre ne peut être qu'utile pour vous, et instructive pour moi.

— A la bonne heure, mon frère.

Le médecin se tut un instant.

— Seulement, reprit-il avec une sorte d'hésitation, je vous donnerai un conseil. Il est important que M. Darcy connaisse exactement ce que vous éprouvez, et quel a été le traitement suivi.

— Sans doute, et je lui dirai...

— Non ! interrompit vivement M. Vorel ; les malades s'interrogent mal ; ils donnent de fausses indications ils rapportent inexactement les médications employées, et il peut en résulter, pour le médecin qui arrive, de fausses impressions.

— Vous pensez?

— J'en suis sûr ; je parle dans votre intérêt, ma sœur, et si vous m'en croyez, vous ne donnerez pas de préjugés à M. Darcy ; vous me laisserez lui répondre...

— En vérité, c'est me tirer d'un grand embarras, répondit la baronne en souriant, car le plus souvent je ne sais comment définir ce que j'éprouve, et vos formules sont toujours pour moi des énigmes.

— Alors, vous promettez de me renvoyer le docteur pour toutes les explications?

— C'est convenu.

Le visage de M. Vorel reprit son expression souriante, et il continua quelque temps l'entretien sur un ton amical ; enfin, il se leva, prit congé de la malade, embrassa l'enfant, et, après avoir fait à la nourrice quelques recommandations pleines de sollicitude, il se dirigea vers l'auberge où il avait laissé son cheval.

Tant qu'il se trouva en vue de la baronne qui l'avait reconduit jusque sur le seuil de la petite porte du parterre, il marcha du pas égal et paisible qui lui était ordinaire ; mais, lorsqu'il eut tourné la rue et qu'il se trouva loin de tous les regards, sur la route déserte, sa marche devint insensiblement plus rapide. Le sourire qui donnait à son visage une sorte d'épanouissement mécanique s'effaça, et ses traits détendus reprirent cette forme aiguë et cette apparence fauve dont nous avons déjà parlé. Levant la cravache qu'il tenait à la main, il se mit à abattre, en passant, les jeunes pousses de troènes qui bordaient le chemin, comme s'il eût senti le besoin de décharger sur quelque chose une secrète colère. Mais cette espèce d'emportement muet fut de courte durée; il ne tarda pas à laisser retomber sa cravache, à baisser la tête et à ralentir le pas. La réflexion était évidemment venue, et, après s'être indigné de quelque désappointement inattendu, il cherchait le moyen d'en tirer parti.

On eût pu seulement défier l'observateur le plus habile de deviner la nature ou l'objet de sa préoccupation. Tous ses mouvements avaient repris cette apparence terne et calme qui laissait, pour ainsi dire, glisser le regard; son visage n'offrait à l'étude qu'une espèce de masque en terre cuite, sec, anguleux, inerte, sur lequel ses yeux, masqués par des lunettes bleues, semblaient deux taches miroitantes et sombres qui ne reflétaient rien.

Il atteignit ainsi l'auberge de la *Femme-sans-Tête,* où il avait l'habitude de mettre son cheval lorsqu'il venait voir la baronne. Arrivé là, il sortit de sa rêverie, et ses traits, comme s'ils eussent été touchés par un ressort intérieur, retrouvèrent instantanément leur crispation souriante.

L'auberge de la *Femme-sans-Tête* était une de ces hôtelleries équivoques recommandées seulement par leur position à l'entrée de la ville, et presque exclusivement fréquentées par les porte-balles, les rouliers et les bateliers, race voyageuse qui vit sur la grande route, s'arrête où elle peut, et s'embarrasse médiocrement de l'apparence du gîte ou du choix de la compagnie.

La présence de M. Vorel dans un pareil bouge pouvait étonner au premier abord ; mais l'hôtellier, le père Blanchet, était un de ses anciens clients, parti de Bourgueil sans avoir soldé un long mémoire de maladie, et le docteur, qui aimait l'ordre par-dessus tout, avait pensé qu'en choisissant son auberge il pourrait obtenir, en son et en avoine, l'équivalent des consultations qu'il n'avait pu se faire payer autrement.

Cet avantage compensait largement pour lui les désagréments d'un gîte où il s'arrêtait d'ailleurs peu de temps.

Lorsqu'il arriva à la *Femme-sans-Tête*, il ordonna de préparer son cheval, et, voulant continuer à réfléchir en l'attendant, il évita la salle commune, où retentissaient les cris des buveurs, et gagna le jardin placé derrière l'auberge.

La nuit était venue, et, bien qu'il n'y eût point de brouillard visible, aucune étoile ne se montrait au ciel. M. Vorel suivit la grande allée du jardin, presque effacée par l'herbe, et arriva à une treille dont la charpente brisée laissait pendre des vignes maigres et échevelées. Immédiatement au-dessus, se trouvait une croisée appartenant à la pièce la plus écartée de l'auberge. Alors ouverte et éclai-

rée, elle laissait voir trois hommes assis autour d'une table, et qui achevaient de souper.

Bien que le bruit de leurs voix animées
arrivât, par instant, jusqu'à la tonnelle, le
médecin, tout entier à sa méditation, ne parut
point y prendre garde et s'assit sur un banc
placé sous la fenêtre.

Nous le laisserons là, livré à ses réflexions,
pour introduire le lecteur dans la chambre
même où soupaient alors les trois voyageurs.

II

Les Trois compagnons.

A en juger par l'unique plat posé au milieu d'une table sans nappe, le repas que venaient de faire les trois convives avait été des plus modestes : une bouteille d'eau-de-vie presque achevée en formait le seul luxe. Un des côtés de la fenêtre était occupé par un homme encore jeune, petit, barbu, pâle et vêtu d'un bourgeron presque neuf. Il avait la bouteille à sa droite et versait seul à boire, privilége qui le signalait évidemment pour l'amphitryon. Son coude gauche était appuyé sur la table, et il tenait, de la main droite, un couteau à lame forte et longue, avec lequel il s'amusait à agrandir les fissures du bois vermoulu. Toute sa personne avait une expression chétive, vicieuse et farouche qui se retrouvait également dans le voyageur assis devant lui, mais sous des formes différentes et avec d'autres nuances.

Celui-ci, d'une taille démesurée, était d'une telle maigreur, que les saillies de ses os avaient laissé leurs traces sur la redingote râpée qui le serrait. Sa chevelure, d'un blond fade, encadrait un de ces visages sans largeur, et, pour ainsi dire, *coupants* qui, de quelque côté qu'on les regarde, ne semblent présenter qu'un profil. Il avait, près de lui, un énorme havresac où se trouvaient confondus des peaux de lapin, des débris de porcelaine dorée, des faux bijoux brisés, des vêtements d'homme et de femme en lambeaux, témoignages parlants d'une monomanie trafiquante que pouvait seul justifier l'origine hébraïque. Le grand homme maigre était effectivement Juif, et, de plus, Alsacien, comme le prouvait clairement son acceptation tudesque.

Quant au troisième convive, placé au bout de la table, sa physionomie était moins tranchée. Un peu plus jeune que ses compagnons, il avait un air plutôt hardi que féroce. Son costume, et son teint bruni par le soleil, pouvaient même le faire prendre, au premier aspect, pour un paysan; mais, en regardant de plus près, sa taille souple, ses mouvements prompts, ses mains étroites et sans callosités ne permettaient point de le croire habituellement livré aux travaux rustiques. Tout en lui annonçait plutôt l'aventurier. Ses traits avaient

une expression ouverte et insouciante, qui,
sans être de la pureté, n'était point non plus
de la bassesse ; ils respiraient une sorte de bru-
talité naïve qui pouvait mettre en garde contre
les actes de l'homme, sans qu'il inspirât pour
cela de la haine ni du dégoût. Evidemment le
hasard et l'ignorance avaient une forte part
dans cette corruption, qui ne semblait point
irrévocable.

Au moment où commence notre récit, il venait de vider son verre qu'il tendit de nouveau
à son voisin en frappant sur la table et en
criant :

— A boire, Parisien !

Le petit homme barbu se retourna lentement.

— Ah ! ah ! Rageur, dit-il avec un ricane-
ment cynique, dont il semblait avoir l'habitude, on voit qu'il y a longtemps que tu n'as

goûté à *l'eau-d'aff;* tu la siffles comme de la tisane de marchand de coco.

— Quand on a eu faim, l'estomac a bsoin de se refaire, répondit laconiquement le Rageur.

— Toi affoir donc été dans une crandé teppine, demanda le Juif.

— Dans une débine à manger des glands, Alsacien.

— Et tu n'as bas trouffé à faire un beu de gommerce?

— Du commerce, avec quoi?

— Avec ce gon a, tonc! Il y a touchours moyen de gommercer.

— Oui, interrompit le Parisien, pour toi qui troquerais les pierres du chemin contre des cosses de poids; mais le Rageur n'est pas un marchand de bric-à-brac, lui; il a travaillé dans le grand genre avec moi, quand nous fai-

sions la guerre au *patauds**, en Maine-et-Loire.
La diligence nous a passé deux fois par les
mains.

— Y affait-il peaucoup de pacages, Jacques?
demanda naïvement le Juif.

— Il y avait deux cent mille *balles* (200 mille
francs), répondit le Parisien, avec un laco-
nisme triomphant.

— Deux cent mille *palles* à vous teux ! s'é-
cria le Juif émerveillé.

— Non, au commandant de canton tout seul,
dit le Rageur ; il a tout pris pour le service du
roi et tout gardé pour son propre service, ce
qui ne l'a pas empêché d'obtenir des croix,
des places, des pensions, tandis que nous autres, on nous a dit de rentrer dans nos villages
et de chercher du travail.

* Nom donné par les chouans aux patriotes.

— Ce que tu as fait? dit le Parisien, d'un ton ironique, car tu as voulu te ranger.

— Eh bien! après? répliqua le Rageur brusquement; si c'est mon idée?...

— Pourquoi y avoir renoncé, alors?

— Pourquoi?... tu le sais aussi bien que moi! J'y ai renoncé parce que, dans le pays, on me refusait de l'ouvrage en me disant que j'étais trop connu, et qu'ailleurs on ne voulait pas m'en donner, sous prétexte qu'on ne me connaissait pas.

— De sorte que tu t'es dégoûté d'en chercher?

— Je me suis dégoûté de mourir de faim.

— Preuve que tu n'étais pas né pour être honnête homme, mon petit. L'ouvrier né honnête doit manger quand il a du pain, et quand il n'en a pas, serrer d'un cran la boucle de son pantalon; c'est un article de morale que ton curé aura oublié de te faire connaître. Quant à

moi, vois-tu, j'avais pas plus de douze ans
quand j'ai compris la chose.

— Comment ça?

— J'avais pour parents légitimes la crême
des couples vertueux, un père cousu de certificats de probité, et une mère dont on eût pu
faire une rosière. Mon père, qui était employé
à l'administration générale des déménage-
ments, avait rendu je ne sais combien de
fois, à leurs propriétaires, de l'argenterie, des
bijoux et des billets de banque perdus, ce qui
lui avait rapporté l'estime générale et un certain nombre de pièces de vingt sous. Par malheur, un jour qu'il était chargé d'une malle,
le pied lui manqua dans un escalier, il se
donna un effort, et il fallut le porter à l'hôpital,
où il mourut un mois après. Par considération
pour les bons services du défunt, l'administration accorda une gratification de 25 francs
à ma mère. Ce n'était pas cher pour la vie d'un

homme, mais elle aurait pu ne rien donner ;
aussi, ma mère alla remercier le directeur.

— Et quel âge avais-tu alors, toi ? demanda le Rageur, en paraissant prendre une
sorte d'intérêt au récit de Jacques.

—Onze ans, répondit celui-ci, juste ce qu'il
fallait pour bien sentir la misère !... et tu peux
croire qu'on en eut à discrétion. Au bout
de quelques mois, ma mère tomba en langueur ; elle ne pouvait presque plus travailler... alors le pain manqua. Il fallut demander l'aumône ; mais ils m'avaient rendu fier
dans la famille : je demandais mal, et le plus
souvent je revenais sans rien avoir : alors on
se couchait à jeûn. Aussi la mère alla de mal
en pis. On voulut la faire entrer à l'hôpital,
mais quand les médecins l'eurent vue, ils di-
rent qu'elle n'avait pas de maladie, qu'elle ne
souffrait que de la faim, et que c'était une in-
commodité dont ils ne guérissaient pas. On la

renvoya donc dans notre grenier, où elle
traîna encore quelques mois, jusqu'à ce que
la portière me dit un soir, comme je rentrais,
qu'elle venait de mourir.

— Ta mère ! répéta le Rageur, visiblement
ému, elle est morte en ton absence ?

— Oui, dit Jacques avec insouciance, et
comme je n'étais encore qu'un enfant, ça me
fit quelque chose ; surtout quand je trouvai
les voisines qui étaient autour du corps et qui
répétaient que *Dieu avait fait une grande grâce
à la défunte de la prendre*. Aussi ne s'occu-
pait-on que de l'ensevelir. On avait déjà de-
mandé un drap au locataire du premier étage,
qui avait cabriolet, mais la dame avait répondu qu'elle n'avait pas de vieux linge ; enfin, ceux des mansardes se cotisèrent : on
acheta ce qu'il fallait. Quant à moi, je regar-
dais tout ça sans rien dire. Je tenais à la main
le portefeuille que ma mère avait ordonné de

me remettre, et qui renfermait nos papiers,
extraits de mariage, de naissance, certificats
de bonne conduite, et je pensais en moi-
même : — voilà donc comme ça se joue pour
les pauvres ? Tout ce qu'ils gagnent à être des
saints, c'est de mourir à l'hôpital ou dans un
grenier, et d'être ensevelis par la charité de
voisins qui les trouvent bien heureux d'être
morts ! Et c'est là ce qui m'attend, dans le
cas où je ferais comme mon père ? Merci de la
chance ! S'il n'y a pas d'autre récompense
pour les travailleurs honnêtes que de laisser à
leurs enfants des quittances de leur probité,
j'aime mieux vivre comme un *voyou* et ne rien
faire.

— Et tu as commencé tout de suite le métier, Barisien ?

— J'ai commencé par descendre chez le
portier pour jeter au feu tous les papiers laissés par le père et la mère ; il me semblait que

c'était une manière de renoncer à l'héritage.

— Eh bien ! je n'aurais pas fait comme ça,
moi, dit le Rageur avec une sensibilité gros-
sière ; non, si j'avais eu des parents... une
mère... il me semble que je n'aurais pas voulu
faire honte à leur nom. Mais un enfant trouvé
n'a pas de nom : c'est comme un chien perdu ;
tout le monde a droit de lui lancer une pierre... Ah ! si j'avais eu une famille...

— Dans ce cas tu aurais rempli ton rôle
d'honnête homme, pas vrai, ajouta Jacques
en ricanant. Quand on croit au paradis, encore, à la bonne heure, on peut espérer que
l'on touchera son arriéré chez le Père éternel;
mais pour ceux qui veulent vivre de leur vivant, le métier me paraît peu récréatif?
Qu'en penses-tu, Alsacien ?

— Moi, reprit l'homme maigre, je bense
que j'aurais jamais rien bris à bersonne, si j'a-

vais eu seulement un betit gabital pour entre-
brendre du gommerce.

Le Rageur éclata de rire.

— Ce diable de monsieur Jérusalem ne rêve
qu'à son *gommerce,* dit-il ; s'il était condamné
à être pendu, il vendrait une corde au *butteur*
(bourreau).

— Les gordes, c'est une maufaise marchan-
tise, fit observer sérieusement l'Alsacien.

— Pas toujours, reprit Jacques plus bas ; je
me rappelle une certaine corde, à Bourbon-
Vendée, qui nous a rapporté près de deux
cents louis. Il faudrait trouver ici quelque
chose dans le même goût.

— Avez-vous cherché ? demanda le Rageur
d'un air indifférent.

— Oui, répliqua le Parisien. Je me suis pro-
mené dans les environs pour prendre une
leçon de géographie ; il y a des maisons qui
'ont bonne apparence ; mais il faudrait avoir

quelques renseignements sur les bourgeois,
vu qu'il s'en trouve, des fois, qui son méchants et qui vous dérangent.

—J'aime bas qu'on me terrange, dit le Juif,
avec un sérieux féroce ; quand on terrange y a
moyeu de rien emborter. Aussi y faut mieux
faire aux gens se taire.

— C'est mon opinion , reprit Jacques, surtout quand on travaille à l'aveuglette et qu'il
faut chercher la place du magot, comme ce
serait ici le cas. Une fois sûr que personne ne
peut faire du bruit, on prend son temps.

— Possible, dit le Rageur, mais moi, ça ne
me flatte pas !

—Fais-donc la bégueule ! reprit le Parisien
avec son sourire pâle ; quand nous étions en
Maine-et-Loire tu t'es peut-être privé de descendre les bourgeois qui s'attardaient sur les
routes.

— C'étaient des bleus ! reprit vivement le

Rageur, ils savaient que nous nous promenions dans le pays ; ils n'avaient qu'à prendre garde. Dans ce cas-là, envoyer un coup de fusil au bourgeois, c'est de la guerre ; mais entrer chez lui pour le trouver au lit, endormi, je n'ai pas le cœur à ces choses-là, vois-tu !... d'autant qu'il peut y avoir des femmes, et qu'alors ce serait encore pis.

— C'est-à-dire, Rageur, que tu bois l'*eau d'aff*, mais que tu ne veux pas la gagner.

— Si fait, Jacques, je veux la gagner, mais il faut que l'affaire soit montée autrement. Adressons-nous, si tu veux, à une diligence, comme autrefois ; il y a toujours là-dedans des gens qui peuvent se défendre.

— Comment, double niais ! tu tiens donc à courir des risques ?

— Eh bien ! oui, ça m'encourage.

— Bas moi, bas moi ! interrompit vivement le Juif.

Jacques haussa les épaules.

— Le Rageur a toujours eu un coup de marteau, dit-il, en touchant son front du doigt ; mais, quand nous aurons trouvé une occasion, si la chose le taquine trop, il pourra faire galerie en nous laissant jouer la partie à deux.

— Et nos barts n'en seront que meilleures ! ajouta philosophiquement l'Alsacien.

L'arrivée de l'aubergiste, qui venait réclamer le prix du souper, empêcha le Rageur de répondre. Jacques acquitta la note, offrit à maître Blanchet ce qui restait dans la bouteille, et, après avoir trinqué, tous quatre descendirent dans la salle commune où le Parisien et le Rageur se mirent à fumer. Le Juif tira également de la poche de son gilet une grosse pipe allemande dont il secoua ostensiblement les cendres sur son genou pendant un quart d'heure ; mais aucun de ses compagnons n'ayant offert de la remplir, il la remit dans sa poche avec un soupir.

Quelques instants après, M. Vorel parut.

Si l'on se fût trouvé à Paris, l'entrée d'un *habit fin* dans un lieu exclusivement fréquenté par des porteurs de vestes et de bourgerons, n'eût point manqué d'exciter une surprise suivie de murmures et de provocations; là, en effet, l'intelligence populaire plus éveillée, a compris que le bourgeois ne venait jamais se mêler aux habitudes ou aux plaisirs de l'ouvrier que dans l'intérêt de ses vices, et elle maintient, comme une défense, cette sépara-tion des classes qu'on lui a imposée comme un joug. Mais en province, la tradition antique n'est point encore tellement éteinte, que le serf affranchi ne tienne à honneur le contact de son ancien maître; là, le peuple n'en est en-core qu'à la vanité; celui de Paris est déjà re-monté jusqu'à l'orgueil.

La réception faite au médecin par les gens
réunis à la *Femme-sans-Tête*, fit clairement apprécier cette différence ; la plupart s'interrom-
pirent dans leurs conversations, et portèrent
la main à leurs bonnets ou à leurs chapeaux,
tandis que l'homme au bourgeron se détour-
nait avec un grognement.

— Tiens, il vient donc ici des Elbeuf, dit-
il assez haut pour être entendu du docteur.
Qu'est-ce qu'il demande ce monsieur ; ce doit
être le commissaire de l'endroit ou un brigadier de gendarmerie déguisé en bourgeois.

— Et non, interrompit maître Blanchet, qui
cherchait une chaise pour M. Vorel ; c'est le
médecin de Bourgueil. Asseyez vous donc,
monsieur le docteur ; comment va la baronne ?

— Médiocrement, Blanchet, médiocrement,
répondit M. Vorel, de sa voix honnête et po-
sée ; je ne suis point content de son état.

— Aussi elle est trop sédentaire, répondit

l'aubergiste , on ne la voit jamais hors de son couvent.

— Elle donne tout son temps à sa fille.

— Oui, on dit qu'elle a fait de sa maison et de son jardin un vrai paradis ; ça a même été cause qu'on a crié dans le pays.

— A quel propos ?

— Parce qu'elle a tout acheté à Paris , les meubles, les tapisseries, les fleurs ! Vous comprenez, monsieur Vorel , que lorsqu'on a de quoi, il est juste d'en faire profiter ceux de l'endroit : quand elle aurait dû payer un peu plus cher, on la dit riche à ne pas connaître elle-même sa fortune.

— Vous savez qu'on exagère toujours, maître Blanchet, la baronne a une trentaine de mille livres de rentes.

— Eh bien ! et ce qui lui reviendra de votre belle-mère , la bonne femme Louis , car vous

n'êtes que deux héritiers, la fille de la baronne
et vous ?

— C'est vrai.

— De sorte, ajouta l'aubergiste, en clignant
les yeux , que si la petite ne grandissait pas ,
vous prendriez seul toute la succession! Eh
bien ! ça ne serait pas encore si sot. En défi-
nitive, nous sommes tous mortels, comme dit
cet autre ; ce ne serait pas votre faute, si l'enfant vous manquait dans la main, et vous tou-
cheriez, comme consolation, une vingtaine de
mille livres de rentes.

— Vingt mille livres de rentes, s'écria le
Parisien, qui avait tout entendu, tonnerre! c'est
tentant pour un médecin!

M. Vorel tressaillit comme un homme frappé
d'un coup inattendu ; il pâlit jusqu'aux lèvres
et se retourna vers Jacques avec une exclamation indignée ; mais l'impassibilité cynique de
celui-ci parut le déconcerter ; il balbutia quel-

ques mots inintelligibles, détourna la tête et s'approcha du feu comme s'il se fût senti froid.

L'aubergiste ne parut point avoir pris garde à cet incident rapide et continua :

— C'est égal, pour une femme qui a dix mille écus à dépenser tous les ans, la baronne ne fait guère de bruit ; à quoi peut-elle employer son argent ?

— A accroître la dot de sa fille par ses économies, répliqua Vorel.

— Eh bien ! elle doit en avoir alors de ces pièces rondes ; car le diable me brûle, si elle dépense le quart de son revenu ! Elle vit là-bas sans autre train de maison qu'un jardinier à la journée, une chèvre et une servante.

— A mon grand regret, fit observer le docteur ; je voudrais la savoir moins seule.

— Et à cause donc ?

— Parce que la maison est isolée et que des

voleurs y trouveraient de quoi faire fortune.

— Tiens ! ma foi, je n'y avais pas pensé, dit Blanchet, c'est encore vrai ce que vous dites là, monsieur Vorel. De mauvais gars n'auraient qu'à être avertis !.. Il serait facile d'entrer par le bout du jardin, qui donne sur le bois.

— Les fenêtres ne sont défendues que par des persiennes.

— Et une fois dans la maison on pourrait tout égorger à son aise, il n'y a pas de voisins.

— C'est effrayant, répéta M. Vorel en promenant un regard autour de lui, comme s'il eût voulu s'assurer qu'aucun des auditeurs de ce dialogue n'était homme à en abuser.

Mais le Parisien et le juif venaient de se retirer à l'écart et échangeaient, à voix basse, quelques paroles rapides. Quant au Rageur, demeuré à la même place il semblait n'avoir rien écouté.

Le garçon d'écurie de la *Femme-sans-Tête*

entra dans ce moment, et annonça au docteur que son cheval était prêt.

— Vous repartez donc pour Bourgueil? demanda Blanchet.

— Non. dit M. Vorel, je continue jusqu'au Vivier, où lord Murfey me prie d'aller depuis longtemps.

— Est-ce que l'Anglais est malade? demanda l'aubergiste.

— Pas précisément, dit M. Vorel en souriant; mais comme il n'a rien à faire, il se gorge de bœuf et de Madère pendant six jours, et il prend médecine le septième. Au revoir, père Blanchet.

Le docteur, après avoir boutonné jusqu'au haut sa redingote à la propriétaire, plongea les deux mains dans ses larges poches pour y chercher ses gants; mais il en retira une petite boîte cachetée, à la vue de laquelle il fit un geste de désappointement.

— Au diable, l'étourdi ! s'écria-t-il, j'ai oublié de remettre les pastilles pour Honorine.

La vérité était que sa préoccupation, au moment de quitter la baronne, lui avait fait perdre le souvenir de la boîte.

— C'est-y quéque chose de pressé ? demanda l'aubergiste.

— Sans doute, reprit le docteur ; mais je suis déjà en retard, et je ne voudrais point retourner chez ma belle-sœur ; ne pourriez-vous pas, père Blanchet, lui faire remettre ceci sur-le-champ ?

— Je ferai mon possible, monsieur Vorel, répliqua l'hôtelier avec un peu d'hésitation ; mais, pour le moment, je n'ai là que Joseph qui ne peut quitter l'écurie.

— Tâchez de trouver une autre personne, dit le médecin, en promenant autour de lui un regard par lequel il semblait solliciter la complaisance des auditeurs.

L'Alsacien, qui s'était rapproché, porta la main à son chapeau gris.

— Si le pourgeois a pesoin, je borderai la poïte, dit-il avec un sourire aimable qui rappelait le *rictus* des têtes de mort.

— Eh bien! ça se trouve comme de cire, dit le père Blanchet.

— Mais, Monsieur... connaît-il la maison de madame la baronne? demanda le docteur en examinant le juif à travers ses lunettes.

— Je gonnaîtrai, je gonnaîtrai, reprit celui-ci, qui s'efforça de donner encore plus d'affabilité à son sourire, l'aupergiste y m'indiguera.

— Je crains que ce ne soit abuser de votre obligeance?

— Dy tout, dy tout, mein Herr, je broboserai en même temps mes zervices à la parone. J'achète les beaux de labin, mein Herr, et la borcelaine cazée, et les choses de verre en gristal. Donnez la poète, ça m'aidera à faire mon gommerce.

— Allons, voilà qui lève mes scrupules, dit le médecin, et puisque monsieur l'Allemand veut bien...

— Ah! mein Herr a teffiné que j'étais Hallemand? interrompit l'homme maigre d'un air émerveillé; gomment donc qu'il a teffiné? A cause que je suis plond dans mes geveux...

— Oui, et un peu aussi à l'accent.

— Tiens!... j'ai un atcent, reprit le juif, qui regarda tout le monde avec une surprise souriante, et pien je mé aberçois bas, barole t'honneur! mais, n'imborte, je borderai la poète.

— Je vous engage alors à vous hâter, fit observer le docteur, car plus tard le jardinier serait parti, et on ne vous ouvrirait peut-être point.

— Je bars, je bars, s'écria l'Alsacien.

Et en trois enjambées il fut hors de l'auberge, tandis que de son côté M. Vorel mon-
tait à cheval et prenait le chemin du Vivier.

Quant au Parisien, il s'était approché du
Rageur, qui, sur un signe, l'avait suivi, et
tous deux disparurent du côté de l'étang.

Environ une heure après, deux hommes
étaient accroupis derrière une des haies qui
bordent le chemin conduisant des premières
maisons du faubourg à la partie supérieure de
la ville. L'un d'eux avait le cou tendu et l'œil
fixé sur le milieu de la route, que la lune commençait à éclairer, tandis que l'autre, renversé en arrière, dans une pose nonchalante,
semblait à moitié endormi.

Tout-à-coup le premier se redressa, prêta
l'oreille, pencha la tête à droite et à gauche
pour mieux voir, et fit entendre cette espèce
de bredouillement cadencé qui, chez les fau-

bouriens de Paris, remplace le sifflement d'appel.

La réponse ne se fit point attendre, et, presque au même instant, une ombre se dessina sur l'espace lumineux du chemin et s'avança vers l'endroit où les deux compagnons se tenaient cachés.

— Est-ce pien toi, Moser? demanda le Parisien qui s'était levé.

—C'est bien moi! répondit l'Alsacien; tu es seul?

— Voici le Rageur.

— A la ponne heure, on ne beut bas nous entendre?

— Non; mais parle vite, y a-t-il gras?

— Il y a cras, il y a cras, reprit Moser, dont les yeux bleus et ronds brillaient d'une vivacité singulière.

—Tu es entré dans la case?

— Foui, c'est la serfante qui m'a ouffert.

— Et tu lui as donné la boîte?

— Bas si pête, j'ai tit que je foulais barler à la paronne. On m'a fait monter et on m'a laissé dans une betite salon où il y a une fenêtre qui tonne sur le barterre; alors, bour m'occuper, j'ai foulu dévisser le grochet de la bersienne.

— Tu n'as pas pu?

— Le foilà! dit l'Alsacien, en montrant triomphalement un morceau de fér qu'il tenait caché dans sa mauche; un grochet ça beut se fendre...

— Mais as-tu eu le temps d'examiner un peu l'intérieur?

— Beaucoup, beaucoup. T'abord, quand on m'a gonduit à la paronne, j'ai traffersé trois bièces, oh! mais des bièces si pien meuplées!.. Quel dommage, Barisien, qu'on ne buisse pas emborter les meubles!

— Finis donc.

— Enfin, j'ai remis la poètè à la paronne ;
elle a l'air pien malate, la paüvre tame !

— Et après ?

— Après, je lui ai temanté si elle n'affait
bas de beaux de labins à fendre.

— Ah ! satané Juif, dit le Parisien, en riant
malgré lui, le jour du jugement il proposera
au père Éternel de lui acheter ses vieilles cu-
lottes !

— Y fallait pien, Jacques, reprit Moser sérieusement, ça me tonnait l'air de faire mon
gommerce.

— Que t'a répondu la baronne ?

— Elle m'a répontu : Non.

— Et tu es ressorti ?

— Foui, mais j'ai fait attention à me drom-
ber de borte pour foir encore d'autres cham-
pres.

— Alors tu pourras te reconnaître en de-
dans ?

— Très pien.

— Mais pour entrer dans le parterre?

— Pour entrer dans le barterre, c'est facile, je fas fous expliquer ça.

Moser commença une sorte de description topographique qui prouvait une intelligence singulièrement exercée dans ce genre d'observation. Il pensait que tous trois devaient d'abord franchir le mur de clôture, et qu'arrivés au parterre, le Rageur, qui était le plus leste, gagnerait la fenêtre du petit salon dont la persienne ne pouvait plus se fermer, pénétrerait dans la maison et leur en ouvrirait la porte.

Le Parisien se tourna vers son compagnon qui était jusqu'alors demeuré étendu sur l'herbe et avait tout écouté sans rien dire.

— Il me semble que Monsieur Jérusalem a bien compris l'affaire, fit-il observer, qu'en dis-tu, mon vieux, est-ce que ça te va?

— Non, répondit le Rageur sans se déranger.

— Pourquoi ça !

— Parce qu'une fois entrés dans la cassine, vous voudrez faire taire les femmes.

—Allons, vas-tu recommencer? dit Jacques, en haussant les épaules ; ça fait pitié, ma parole d'honneur : un *voyou* qui ne possède que sa vermine et qui se mêle d'avoir des nerfs!

— Eh bien ! si c'est mon idée, reprit le Rageur, en se mettant sur son séant, est-ce que je ne suis pas libre, par hasard?

— Non, tu n'es pas libre! s'écria le Parisien, car maintenant tu connais le coup que nous avons monté.

— Eh bien?

— Eh bien !... tu peux jaser.

Le Rageur se redressa si brusquement que Jacques recula.

— Répète-moi ça, dit-il en regardant le Parisien fixement; je n'ai pas bien entendu.

— C'est pourtant clair, reprit Jacques, qui balançait évidemment à exprimer une seconde fois sa défiance, une affaire ne doit être connue que de ceux qui en sont, et, si tu caponnes, le mieux sera de tout laisser.

— Non bas, non bas, interrompit vivement Moser, je ne feux bas laisser, moi! L'affaire il est trop ponne; j'irai plitôt tout seul. Rabellez-fous tonc les baroles du docteur : il a tit qu'y avait de quoi enrichir blusieurs... braves gens; je serais gontent d'être riche, moi.

— Tiens, il croit être le seul, murmura le Rageur, avec un mouvement d'épaules.

— Et pien, si toi aussi tu feux avoir de l'archent, y faut fenir, reprit Moser; c'est un fattout; abrès ça, tu bourras te retirer des affaires.

— A la bonne heure, dit brusquement le Rageur, j'en serai, mais à une condition.

— Laquelle ?

— C'est que vous ne jouerez pas du couteau. La maison est assez isolée pour qu'on ne craigne pas d'être surpris.

— Mais si les femmes s'éveillent et veulent crier ?

— Alors, je me charge de les bâillonner.

— Ça beut se faire, dit le juif; mais y faut blus de brégautions.

— Est-ce convenu alors ? demanda le Rageur.

— C'est convenu.

Ainsi tombés d'accord, les trois compagnons se dirigèrent du côté de la *Maison verte;* mais il était encore trop tôt pour qu'ils pussent commencer à *travailler;* aussi gagnèrent-ils une butte qui s'élevait de l'autre côté de la route et d'où l'on apercevait distinctement, par-dessus le mur de clôture, la façade de la maison.

Tous les trois s'y assirent, cachés par les broussailles, et attendirent avec impatience, l'œil fixé sur leur proie.

Les rideaux des fenêtres étaient restés ouverts, de sorte que l'appartement éclairé, leur apparaissait, à travers la route, comme un théâtre amoindri par l'éloignement, et sur lequel se jouait une sorte de pantomime de la vie privée. Ils suivaient les lestes mouvements de la jeune servante, et ceux plus languissants de la baronne. Ils les voyaient s'empresser toutes deux autour de l'enfant, la promener dans leurs bras, et s'efforcer de l'endormir. Mais l'arrivée de la nuit avait redoublé le malaise d'Honorine, dont les cris plaintifs arrivaient jusqu'aux trois compagnons. Le mal ne semblait céder de temps en temps que pour reprendre bientôt plus vif. Minuit sonna à

l'horloge éloignée, et les deux femmes continuaient vainement à bercer la petite fille.

— Il ne finira donc pas, cet avorton du
diable! murmura le Parisien, à bout de patience.

— Je foudrais avoir son cou tans ma main!
ajouta le Juif en fermant ses longs doigts de
squelette, avec une expression féroce.

—Il peut les tenir comme ça debout jusqu'à
demain!

—Et imbossible d'entrer bendant qu'elles
sont effeillées; elles nous entendraient.

— Faites donc pas tant de mauvais sang,
dit le Rageur; voilà que ça va finir.

Les cris avaient, en effet, cessé, et la nourrice ne tarda pas à quitter la chambre avec
l'enfant endormi.

La baronne, restée seule, s'approcha de la
fenêtre, et demeura quelque temps le front
appuyé sur les vitres. A la distance où elle sé

trouvait, il était impossible de distinguer ses
traits ; mais son attitude révélait un tel affaiblissement, que le Rageur hocha la tête avec
une vague expression de pitié.

— Elle a l'air d'une morte, dit-il à demi-
voix.

— Ça ne suffit pas, l'air, murmura Jacques
entre ses dents ; est-ce qu'elle va rester là
toute la nuit, maintenant ?

— Non, fit observer Moser ; elle gommence
à brier le bon Tieu... c'est pon signe ! Quand
les femmes brient le pon Tieu, c'est qu'elles
ont envie de tormir.

La baronne venait de se mettre à genoux.
Après une prière assez longue, elle se releva
avec effort, appela la nourrice pour fermer les
persiennes, et toutes les deux disparurent en
emportant les lampes.

La façade demeura dans une complète ob-
scurité.

Le Parisien et ses deux amis attendirent encore, en silence, pendant assez longtemps, enfin, lorsqu'une heure et demie sonna, tous trois se levèrent lentement, et, après s'être assurés que la route était déserte, ils escaladèrent le portail, et arrivèrent au pied du perron.

Moser désigna alors au Rageur la fenêtre du petit salon, qu'il atteignit sans trop de peine, et dont la persienne, mal fermée, céda presque aussitôt ; un carreau, brisé avec précaution, lui permit d'ouvrir la fenêtre.

— Y es-tu ? demanda Jacques à voix basse.

— Oui, répliqua le Rageur.

— A brésent, la bremière borte à gauche pour drouver l'escalier, murmura Moser.

Le Rageur ne répondit rien, mais il disparut dans l'appartement.

Jacques se pencha à l'oreille du juif.

— Prépare ton couteau, murmura-t-il.

— Bourquoi ? demanda Moser.

— Pour *servir* les femmes si elles se réveillent.

— Mais le Rageur ?

— Il faudra bien qu'il se taise quand ce sera fait.

— C'est vrai, dit l'Alsacien, en tirant de la poche de son pantalon un couteau-poignard qu'il ouvrit ; comme ça tu moins, on n'aura bas à se bresser.

Tous deux se placèrent près de la porte et attendirent ; mais un temps assez long s'écoula sans que leur compagnon reparût.

— Bourquoi tonc que l'autre n'arrive bas ? demanda le juif étonné et inquiet.

— Il a peut-être de la peine à se reconnaître là-dedans ; dit le Parisien, si tu avais pu monter à sa place, ça serait allé plus vite.

— Attends, je fois là quelque chose.

Moser s'avança vers l'objet qu'il avait aperçu

dans l'ombre ; c'était une échelle couchée le
long du mur par le jardinier. Jacques l'aida à
la transporter sous la fenêtre précédemment
ouverte par leur compagnon, et, après l'y
avoir appuyée, tous deux montèrent lentement.

Ils n'avaient pas franchi la moitié de l'é-
chelle, lorsqu'un cri se fit entendre à l'intérieur.

— Nous sommes découverts, dit l'Alsacien
qui s'arrêta court.

Un second cri, puis un troisième retentirent.

— Les couteaux ! les couteaux ! répéta le
Parisien en forçant Moser à avancer.

Celui-ci comprit et sauta dans l'appartement. Une porte qu'il reconnut pour celle de
la chambre où la baronne l'avait reçu, était
ouverte et éclairée : c'était de là que venaient
les cris ; Jacques et lui y coururent ; mais la

pièce était vide, le lit défait et le berceau de l'enfant renversé. Ils s'étaient arrêtés stupéfaits et le couteau à la main sur le seuil, lorsque le Rageur, les traits bouleversés, parut à une seconde entrée ; à leur vue, il recula brusquement et disparut avec un cri.

— Eh bien ! qu'a-t-il donc ? s'écria le Parisien.

— Nous lui affons fait beur, répliqua Moser.

— Il ne nous a pas reconnus, alors ?

— C'est bossible.

Tous deux coururent à la porte par laquelle leur compagnon venait de s'échapper et essayèrent de l'ouvrir ; mais elle était fermée.

— Il a tiré le ferrou, dit le juif.

— Écoute, interrompit Jacques.

On entendait un murmure de voix parmi lesquelles se distinguait celle du Rageur, suppliante et éperdue.

—Que tiable se passe-t-il là-tetans? demanda Moser.

— Il faut enfoncer la porte ! dit le Parisien,
à qui l'impatience et la peur ôtaient toute
prudence.

Et il se mit à secouer la serrure avec une
sorte de fureur.

Un cri d'effroi s'éleva dans la chambre
voisine.

—Ne craignez rien, madame la baronne,
répéta distinctement le Rageur ; quiconque
voudra arriver jusqu'à vous est mort !

Jacques et Moser firent un mouvement en
arrière.

—Il est donc defenu fou? balbutia ce dernier, stupéfait.

— C'est pourtant bien sa voix, reprit le
Parisien qui cherchait vainement à comprendre.

Et secouant de nouveau la porte, il se mit

à appeler le Rageur. On ne lui fit aucune réponse ; mais le murmure de voix recommença
de l'autre côté.

Les deux brigands déconcertés se regardèrent.

— Le gredin nous a vendus ! s'écria Jacques avec un geste de désappointement plein
de rage.

— Il gonnaissait donc la paronne? ajouta le
juif, dont l'étonnement paralysait pour ainsi
dire la colère. Mais bourquoi alors nous affoir
laissés fenir ?

— Est-ce que je sais, moi?... Pour nous livrer, peut-être...

Il n'avait point achevé que des coups répé-
tés retentirent à la grande porte extérieure.
Tous deux s'élancèrent dans le petit salon et
coururent à la fenêtre ; une chaise de poste
venait de s'arrêter devant l'entrée.

Ils escaladèrent rapidement le balcon pour

regagner le jardin ; comme ils posaient le pied
sur les premiers barreaux de l'échelle, le cri :

— Au voleur ! se fit entendre dans la rue ;
ils avaient été aperçus par le domestique occupé à défaire la vache de la voiture de voyage.

Effrayés, ils balancèrent un instant, puis
finirent par se décider à descendre ; mais leur
retard avait permis au domestique de franchir
le mur de clôture avec un des voyageurs de la
chaise de poste. Le juif et le Parisien les trouvèrent tous deux au bas de la fenêtre, le pistolet à la main.

Comprenant que la lutte était inutile, ils
se débarrassèrent des couteaux dont ils étaient
armés, et se laissèrent saisir sans résistance.

III

Les parents.

La chaise de poste, arrivée si à propos à la *Maison-Verte*, y amenait madame de Luxeuil et le docteur Darcy.

Tous deux trouvèrent la baronne privée de sentiment. La nourrice, accourue près d'elle, à demi vêtue, essayait de lui faire reprendre ses sens.

Elle raconta à la comtesse que sa maîtresse

désirant veiller elle-même sa fille, l'avait ren-
voyée pour prendre quelque repos, Réveillée
peu de temps après par des cris, elle s'était
précipitée, malgré son épouvante, vers la
chambre de la baronne, qu'elle avait trouvée
évanouie aux pieds d'un homme en blouse.
Mais le bruit des pas de la comtesse et du
docteur avait fait fuir ce dernier sans qu'elle
pût dire ce qu'il était devenu.

Pendant que madame de Luxeuil écoutait ces
explications, en les entrecoupant d'exclama-
tions plaintives sur l'effroi qu'elle venait d'é-
prouver et sur le danger qu'elle avait failli
courir, M. Darcy s'occupait de rappeler la malade à la vie.

Elle finit par rouvrir les yeux, et balbutia le
nom de sa fille. Le docteur la lui fit présenter.

A la vue de l'enfant endormi sur le sein de
sa nourice, la baronne parut se ranimer ; elle
fit un effort, souleva la tête, et, dans ce mou-

vement, ses yeux rencontrèrent la comtesse.
Elle tendit les mains avec un faible cri et en
prononçant le nom de sa sœur.

— Elle me reconnaît, dit madame de
Luxeuil, qui se pencha pour l'embrasser ; pauvre chérie ! dans quel état nous vous trou-
vons ; sans nous vous étiez assassinée.

La baronne serra madame de Luxeuil dans
ses bras, sans répondre autrement que par
des sanglots convulsifs.

— Allons, calmez-vous, dit la comtesse, en
lui faisant quelques caresses qui semblaient
moins dictées par la tendresse que par le désir
de mettre fin à cette crise d'expansion ; ne me
serrez pas ainsi, vous allez vous faire mal. Il n'y
a plus de danger ; soyez tranquille, le docteur
se charge de vous soigner et de vous guérir.

Elle accompagna ces mots d'un baiser dont
elle effleura le front de la malade, puis se
redressa, en défripant sa robe, et passant

les doigts dans les boucles de ses cheveux.

Malgré ses souffrances, la baronne fut, sans doute, frappée de cette légèreté indifférente, car elle regarda sa sœur, croisa les mains et tourna la tête avec une expression de désappointement douloureux.

Madame de Luxeuil n'y prit point garde : mobile et décousue, comme tous les esprits inoccupés, elle se mit à promener les yeux autour d'elle, et se leva pour se mirer dans une psyché placée en face de l'acôve.

La comtesse était une de ces femmes du monde incapables d'affections qui acceptent les sentiments de famille comme le reste de l'héritage, sous bénéfice d'inventaire. Tant qu'elle y trouvait son plaisir ou son profit, elle se montrait bienveillante, sinon affectueuse; mais dès que le lien lui devenait à charge, elle le brisait sans hésitation et sans remords. L'amitié qui l'unissait à la baronne ressemblait donc à ces sociétés léoniennes, où l'un des associés apporte tout et où l'autre seul en profite. Tel était, du reste, la naïveté de son égoïsme qu'on le lui pardonnait ; car privées du sens moral, la plupart des personnes du monde ne reconnaissaient le vice, qu'aux efforts qu'il fait pour se cacher ; celui qui se montre leur paraît, par cela seul, excusable. Aussi, madame de Luxeuil passait-elle surtout pour franche et naturelle. Cependant ceux qui la connaissaient mieux prétendaient que ce naturel et cette franchise n'étaient qu'une profondeur d'insensibilité, et que, pour servir ses intérêts, tout lui serait, non seulement possible mais facile.

Bien qu'on la trouvât, en général, spirituelle, sa personnalité sans honte lui donnait parfois l'apparence d'une sottise brutale. Pour voir loin et complètement, outre l'intelligence, il faut le cœur ; mais le cœur de madame de

Luxeuil n'avait point d'yeux, et comme les
aveugles il ne connaissait rien en dehors de
lui-même.

Des ressemblances apparentes avaient servi
de lien entre la comtesse et M. Darcy. Ce dernier appartenait, comme elle, à l'école de ceux
qui déclarent, « que l'on n'a pas trop de soi
pour s'occuper de soi, » et qui proclament
l'intérêt personnel la grande loi des sociétés humaines. Seulement l'égoïsme de M. Darcy rappelait ces contrées lointaines dont
les anciens rois d'Espagne se prétendaient
souverains, et qui n'existaient pas ; il s'en
glorifiait sans en profiter. Toujours prêt à
s'oublier pour les autres, exploité par ses
amis, dépouillé par les fripons, il masquait
ses actes sous ses paroles, appelait sa générosité de l'insouciance, sa compassion du calcul,
son dévoûment de l'activité, et rassurait ainsi
sa conscience en se colomniant.

Ce prétendu égoïsme n'était pas, du reste, sa seule manie : il affectait, en outre, une haine implacable pour la religion catholique et pour ses prêtres. Au seul aspect de ceux-ci, on voyait son œil s'arrondir, ses lèvres se serrer, son menton s'enfoncer dans sa cravate et toute sa personne prendre une attitude farouche. Il avait fait de cette répugnance une sorte de sixième sens : il reconnaissait l'approche du prêtre comme on dit que certains animaux reconnaissait la présence du serpent. A l'en croire, le catholicisme avait seul produit tous les maux de l'humanité. C'était lui le véritable tentateur qui avait enlevé aux hommes le paradis terrestre; sans lui, les crimes eussent été ignorés, les instincts les plus féroces adoucis, et l'on eût vu, comme au temps de l'âge d'or, les tigres broutant le gazon à côté des génisses.

Il ne manquait jamais, comme on le pense,

pour soutenir sa thèse, de rappeler la série de
cruautés et de vices qui sont, dans la grande
histoire de l'Eglise, comme ces décombres et
ces immondices qui souillent les abords de nos
plus sublimes monuments. Il savait au juste
combien les papes avaient eu de bâtards, et
combien l'inquisition avait brûlé d'innocents.

Cette monomanie anti-catholique ouvertement manifestée, alors que le gouvernement
de la Restauration tendait de toutes ses forces
à la reconstitution du *trône et de l'autel*, avait
bien moins nui qu'on eût pu le penser à la
carrière scientifique du docteur Darcy. Elle
avait même contribué à lui *donner une phy-
siomomie*, ce qui est, en toute chose, la première condition du succès. On l'appelait le
docteur athée, et ce nom, loin d'être un épou-
vantail, était presque une recommandation.
Les dévôts les plus fervents voulaient le voir
afin de le convertir ; les plus curieux, seule-

ment, pour savoir quel air avait un athée. C'était un motif pour parler de lui dans les sociétés les mieux pensantes, pour déplorer qu'un si grand talent se fût laissé entraîner dans l'abîme ouvert par la philosophie, et pour chercher les moyens de l'en arracher. L'impiété du docteur devint ainsi une sorte de porte-voix pour sa réputation, et servit à l'agrandir.

Nous avons dit comment ses soins avaient réussi à ranimer la baronne. Dès qu'il la jugea en état de parler, il lui adressa quelques questions qui cachaient, sous leurs formes bienveillantes, la préoccupation du médecin; mais, au moment même où la malade allait répondre. M. Vorel entra conduit par la nourrice.

Il arrivait du Vivier et venait d'apprendre les événements de la nuit dont il semblait tout ému. Sa belle-sœur fit un effort pour lui ten-

dre la main et le présenter à M. Darcy, qui
l'accueillit avec bienveillance; quant à la comtesse, elle répondit brièvement à son salut et
à ses compliments, comme une personne qui
souffre d'être forcée à la politesse, et demanda
la permission de se retirer pendant que les
deux médecins examineraient ensemble la
malade.

Leur consultation dura longtemps. Lorsqu'ils rejoignirent madame de Luxeuil au
salon, tous deux avaient l'air troublé.

—Ah! mon Dieu? qu'y a-t-il s'écria la comtesse, en regardant M. Darcy.

—Une mauvaise nouvelle, répondit celui-
ci, avec cette affectation de dureté des gens
qui souffrent de vous affliger et qui ne veulent
point en avoir l'air.

— Vous trouvez ma sœur bien mal?

—Mourante !

Madame de Luxeuil, qui prévoyait la réponse, poussa un cri préparé, se laissa tomber sur un fauteuil qu'elle avait remarqué d'avance, et renversa la tête en arrière, comme si elle eût été près de se trouver mal ; mais le regard expérimenté de M. Darcy reconnut sur-le-champ qu'il n'y avait rien à craindre.

— Allons, belle dame, dit-il, en prenant une de ses mains et la frappant avec distraction, comme s'il se fût agi de dissiper un évanouissement de théâtre, soyez raisonnable ; vous-même aviez prévu ce malheur.

— Madame ne le supposait point sans doute si prochain, fit observer M. Vorel, de sa voix la plus séduisante, et vous le lui avez annoncé si brusquement.

— Mourante ! reprit madame de Luxeuil, en joignant les mains, et avec l'incertitude d'une actrice qui répète la réplique pour se donner le temps de préparer son effet.

— Si vous faisiez respirer des sels à madame

la comtesse, dit Vorel, en présentant à son confrère un flacon.

Celui-ci le prit d'un air insouciant et l'offrit à madame de Luxeuil qui l'accepta pour se donner une contenance.

— Et il n'y a plus d'espoir? demanda-t-elle; plus aucun espoir?

Le docteur parisien secoua la tête.

— Une phthisie, compliquée d'une affection au cœur, dit-il.

Madame de Luxeuil couvrit son visage de son mouchoir pour cacher les larmes qu'elle ne versait pas.

— Hier encore, lorsque je l'ai quittée, son état était loin d'être aussi alarmant, dit tristement M. Vorel; mais la terrible émotion de cette nuit a hâté les progrès du mal.

Et maintenant il n'y a rien à faire, ajouta M. Darcy avec une brusquerie dont la rudesse cachait une sorte de sensibilité.

— Pauvre sœur, murmura le médecin de Bourgueil, succomber si jeune ! quand sa fille avait tant besoin de ses soins !

M. Darcy qui s'était mis à parcourir le salon s'arrêta.

— Au fait, il y a une enfant, dit-il ; la baronne peut avoir des mesures à prendre dans ses intérêts.

Personne ne répondit.

— Il faut que la malade soit avertie de sa position, reprit le docteur avec fermeté.

— Y songez-vous ! s'écria Madame de Luxeuil ; ce serait la tuer.

— D'abord on ne tue pas une personne morte, reprit M. Darcy, avec sa logique implacable, et autant dire que la baronne ne vit plus, ses heures sont comptées ; puis, c'est un devoir pour nous, Madame, un devoir rigoureux. Nous sommes là pour avertir le patient lorsque nous ne pouvons le guérir ; ne point

1.   7

le faire est une trahison, une lâcheté, car ce n'est jamais lui que nous voulons ménager, mais nous-mêmes.

— Mais songez, docteur, à l'effet terrible d'une telle annonce !

— Pourquoi donc ? qu'y a-t-il, après tout, de si redoutable dans cette transformation que l'on appelle la mort ? Ce sont les prêtres qui l'ont entourée de fantômes hideux, de visions menaçantes. A force de mensonges, ils ont réussi à faire de ce passage entre deux états une espèce de pont à péage dont ils perçoivent tous les bénéfices. Mais, quoi qu'il en soit, la baronne doit être avertie ; elle peut avoir des dispositions à prendre, et il ne faut pas que la mort l'enlève par surprise.

— Mais qui osera la prévenir?

— Moi, s'il le faut.

— Vous, docteur?

— Pourquoi pas? votre sœur a de l'esprit,

je lui prouverai la sottise de toutes les supers-
titions dont on l'a épouvantée, et, quand elle
saura qu'il n'y a rien après l'enterrement, et
que nous sommes simplement une agrégation
de molécules qui changent de forme, elle
mourra aussi tranquillement que si elle s'en-
dormait.

— Pardon, interrompit doucement M. Vorel, mais je doute que la baronne soit en état
de suivre les raisonnements de mon savant
confrère; ce serait, d'ailleurs, troubler inutilement ses derniers instants. S'il est nécessaire qu'elle soit avertie, je me résignerai à
cette douloureuse mission.

— Soit, dit M. Darcy; il est plus convenable que l'avertissement vienne de votre
part. Pendant que vous vous occuperez de
cette affaire, je vais prendre quelques infor-
mations sur la route qui conduit à Norsauf.
Vous permettez, comtesse?

Madame de Luxenil fit un signe de consente-
ment et le docteur sortit.

Son départ fut suivi d'un assez long silence.
M. Vorel et la comtesse désiraient évidemment
une explication; mais tous deux éprouvaient
un égal embarras à l'entamer; la comtesse se
décida enfin à parler.

— Je ne puis croire encore à la nécessité
de l'affreuse révélation conseillée par le docteur, dit-elle, et, quel que soit le danger, je
persiste à attacher plus d'importance au repos de la malade qu'à ses dernières dispositions.

— D'autant qu'elles sont déjà prises, ajouta
M. Vorel; je n'ai point cru devoir m'expliquer
à cet égard, devant M. Darcy; mais avec madame la comtesse, c'est autre chose.

— Quoi! ma sœur a fait un testament? demanda madame de Luxeuil, visiblement in-

quiétée ; et... vous savez sans doute,... ce qu'il contient?

— J'ai lieu de croire qu'il pourvoit à la tutelle de l'enfant de madame la comtesse.

— Mais... le choix des personnes chargées de cette tutelle... vous le connaissez?

— Je sais seulement qu'il a été fait en dehors de la famille.

— Que dites-vous ? ma sœur confierait sa fille à des étrangers !

— Telle est sa volonté.

Madame de Luxeuil se leva.

— Est-ce bien vrai? s'écria-t-elle ; on aurait osé!... Mais c'est une insulte pour tous les parents, Monsieur !

— En effet, dit M. Vorel, qui jeta un regard sourdement scrutateur sur son interlocutrice; il semble que M. le comte de Luxeuil aurait eu plus de droits qu'aucun autre...

— Je ne parle point pour nous , reprit

Madame de Luxeuil ; ces tutelles sont toujours des charges pénibles... et difficiles... Mais il me semble qu'il est des convenances dont on ne peut s'affranchir. Introduire des étrangers dans les affaires de la famille ; s'exposer à des procès... c'est de la part de ma sœur une conduite au moins singulière...

— Il faut songer, fit observer le médecin d'un ton conciliant, que la baronne est depuis longtemps souffrante, et que dans sa position on ne juge pas toujours aussi sainement les choses.

La comtesse leva la tête.

— C'est-à-dire que, selon vous, ma sœur ne jouit point de toute la liberté de son esprit, dit-elle vivement.

— Eh ! eh ! qui sait ? répliqua M. Vorel, en pliant les épaules ; toute maladie prolongée amène nécessairement un affaiblissement du cerveau.

— Mais, dans ce cas, ne doit-on pas venir au secours d'une intelligence défaillante, et la défendre contre ses propres erreurs ?

Le médecin regarda madame de Luxeuil par-dessus ses lunettes bleues, et un éclair de joie traversa ses traits.

— Ce serait sans doute une chose heureuse, dit-il ; et, dans l'intérêt de l'enfant, il serait désirable que ce testament fût regardé..... comme inutile.

— C'est évident, reprit la comtesse ; mais une fois connu, il sera maintenu, peut-être... la justice est si bizarre. En tous cas, il deviendrait l'occasion d'un débat fâcheux. Si ce testament est véritablement jugé préjudiciable à l'enfant... par ceux qui s'y intéressent sincèrement... comme vous et moi, Monsieur... pourquoi... le faire connaître ?

— C'est juste, répliqua Vorel avec bonhomie ; on pourrait le regarder comme non avenu... ou même... le supprimer.

— Dans l'intérêt d'Honorine ! ajouta précipitamment la comtesse.

— C'est cela, reprit le médecin ; parlez-en à la baronne, Madame, ou, si vous craignez de la fatiguer... procurez-vous la petite clef qu'elle porte suspendue au cou... elle ouvre le secrétaire d'ébène, et c'est là que se trouvent tous les papiers importants.

Madame de Luxeuil fit un pas vers la chambre de sa sœur.

— Je crains seulement une difficulté, continua Vorel, qui avait repris sa cravache et son chapeau.

— Une difficulté ? dit la comtesse.

— M. le docteur Darcy va revenir persuadé que j'ai fait connaître à la malade sa situation : il lui répétera tout ce qu'il nous a répété tout-à-l'heure, et la baronne, ainsi ramenée à de tristes pensées, pourra prendre de nouvelles dispositions..... appeler un notaire, peut-être !

—Ah ! vous avez raison ! s'écria madame de Luxeuil ; j'avais oublié le docteur : il est homme à faire venir ici tous les garde-notes de Château-Lavalière !... il a si peu de sensibilité !...... Mon Dieu ! mais comment faire, alors ?

—Je ne vois aucun moyen... à moins que madame la comtesse ne puisse le renvoyer.

Madame de Luxeuil parut frappée.

—Attendez donc, dit-elle, il a quelqu'un à voir, dans les environs... Mais il ne devait y aller que demain ; comment le décider à partir sur-le-champ ?

—N'est-ce que cela ? demanda M. Vorel en souriant ; si madame la comtesse le désire, je m'en charge.

—Vous, et de quelle manière, Monsieur ?

— Madame la comtesse va en juger ; voici justement le docteur.

Le docteur parut étonné de retrouver M. Vorel au salon.

— Je croyais mon confrère près de la baronne, dit-il, et occupé de lui faire connaître sa situation.

— Ce soin est désormais inutile, Monsieur, répliqua Vorel d'un ton grave ; la baronne a compris elle-même que tout espoir était perdu.

— Vous l'avez donc vue ?

— Elle vient de faire demander un prêtre.

M. Darcy tressaillit.

— Elle aussi ? s'écria-t-il ; quoi ! madame la baronne Louis ! Eh bien ! j'avais meilleure opinion de sa raison. Pauvre femme ! ils vont la préparer au ciel d'après la méthode recommandée par Pascal, en l'abrutissant.

— Ah ! pas d'impiété dans un pareil moment ; docteur, interrompit madame de Luxeuil.

— Vous avez raison, reprit Darcy en s'inclinant ; la maladie est une royauté, et jamais royauté n'a été tenue d'avoir le sens commun. Aussi, ne ferai-je à la baronne aucune objection.

— Elle attend de vous davantage, Monsieur, reprit Vorel ; elle espère que vous ne refuserez point de l'assister dans cette dernière épreuve.

— Comment ?

— Elle désire que vous vous trouviez là... avec son confesseur.

Darcy fit un soubresaut.

— Moi ! s'écria-t-il.

— C'est une idée de malade, continua Vorel ; elle assure que votre présence lui donnera plus de calme... de résolution ; qu'elle accom-

plira avec moins de tremblement ses derniers
devoirs religieux.

— C'est-à-dire que je l'encouragerais à se
livrer aux prêtres? interrompit le docteur
avec une sorte d'indignation ; mais elle ne me
connaît donc pas, Monsieur ? Elle ignore donc
mon mépris pour les parades de la supersti-
tion?

— Vos opinions resteront libres, fit observer le médecin de Bourgueil, il s'agit seulement d'être présent. Pour les spectateurs,
tout se borne à un signe de croix et à une
génuflexion.

M. Darcy, qui se promenait dans la salle,
s'arrêta court.

— Une génuflexion !.. un signe de croix !..
répéta-t-il, avec une surprise mêlée de colère ;
et vous croyez que je me soumettrai à de pa-
reilles conditions, Monsieur? que je participe-
rai à des momeries honteuses?...

— Docteur! interrompit la comtesse scandalisée.

—Honteuses, Madame! insista-t-il avec chaleur; moi, Jean-François Darcy, agenouillé devant une soutane!... mais rien que la proposition est une insulte!

— Pardon, dit M. Vorel, d'un air déconcerté; je puis vous affirmer que mon intention...

—Il ne s'agit pas de votre intention, Monsieur, mais du fond, reprit Darcy vivement. Avez-vous réfléchi à ce que mes amis diraient, à Paris, si je consentais? Je serais déshonoré, Monsieur!... et le clergé! quel triomphe pour lui! Un athée connu, avoué, patenté, qui aurait fait le signe de la croix!!! Il ne me resterait plus, après cela, qu'à obtenir l'absolution et à communier! Non, Monsieur, non, la baronne serait ma propre mère, ma sœur, ma fille, que je refuserais!

— Mon Dieu ! que faire alors ? dit M. Vorel d'un ton chagrin et désappointé ; ma sœur avait tant compté sur la présence du docteur ! je crains qu'elle ne voie, dans son refus, une sorte d'abandon...

— Il est certain, fit observer la comtesse, que les motifs de ce refus sont si étranges...

— Le mieux, reprit Vorel indécis, serait, peut-être, de supposer le départ de M. Darcy.

— Parbleu ! qu'à cela ne tienne, interrompit le docteur, je puis faire demander des chevaux.

Le médecin de Bourgueil et la comtesse échangèrent un regard ; M. Darcy était allé prendre, sur la console, sa canne et son chapeau.

— Vous ne parlez pas sérieusement, dit la comtesse, qui voulait hâter le départ en ayant l'air de s'y opposer ; il est impossible que vous nous quittiez dans un pareil moment.

— Le moment ne saurait être, au contraire, mieux choisi, belle dame, répliqua Darcy : quand les prêtres viennent les médecins n'ont plus rien à faire.

— Mais vos soins ?...

— Sont malheureusement inutiles ; Monsieur Vorel, d'ailleurs, vous reste : de grâce ne me retenez pas ; si je demeurais et que le hasard me fît rencontrer vos porteurs d'extrême-onction, je serais capable de commettre quelque énormité. Par amitié, par prudence, laissez-moi partir.

Madame de Luxeuil fit encore quelques objections, puis enfin parut céder ; M. Darcy prit congé d'elle, en promettant de revenir le surlendemain et sortit accompagné du médecin de Bourgueil.

Restée seule, la comtesse se hâta de retourner près de la malade.

Elle la trouva livrée à une somnolence

agitée qui la rendait étrangère à tout ce qui se passait autour d'elle. Cependant aux pieds du lit jouait l'enfant riante et ranimée, tandis que la jeune nourrice se tenait assise près du chevet.

Madame de Luxeuil congédia cette dernière et prit sa place à côté de la malade.

Le soin qu'elle mettait à fuir toute sensation pénible l'avait jusqu'alors tenue éloignée de ces lugubres spectacles, et c'était la première fois qu'elle se trouvait en présence d'une mourante. Mais cette vue, qui pénètre habituellement les âmes d'un attendrissement involontaire, n'excita chez elle qu'une répulsion mêlée d'effroi. Au lieu d'y trouver une émotion qui réveillât plus vivement son amitié pour sa sœur, elle n'y trouva qu'un avertissement funèbre qui lui fit faire un retour sur elle-même. Ce cœur, froid pour tout le monde, avait toujours été, pour la

baronne, insensible et ennemi. Cette hostilité
datait de l'enfance. Restées orphelines presque au berceau, les deux sœurs avaient été
élevées séparément par deux tantes mortelle-
ment brouillées qui s'étaient efforcées de leur
laisser l'héritage de leur haine. La baronne
plus tendre et plus généreuse s'était sous-
traite, en partie, à cette funeste influence ;
mais madame de Luxeuil avait accepté sans
résistance tous les préjugés qui devaient l'éloigner de sa sœur. Les débats d'intérêt et la
jalousie vinrent encore envenimer, plus tard,
ces dispositions. Confinée dans les rangs de
cette portion de noblesse qui était restée hos-
tile à l'Empire, parce que l'Empire ne s'était
point soucié d'elle, la comtesse avait vu l'élé-
vation de sa sœur avec un dépit mal déguisé
sous l'apparence du dédain. Son aversion s'é-
tait ainsi lentement accrue de toutes les souffrances de son orgueil et de son envie. La

conversation de la baronne et du médecin de
Bourgueil a déjà fait connaître au lecteur comment cette aversion s'était révélée à plusieurs
reprises, par des torts toujours renouvelés
d'une part, et toujours pardonnés de l'autre.

La confidence que venait de lui faire M. Vorel avait encore aigri la comtesse contre sa
sœur. Le testament annoncé trompait trop
d'espérances pour qu'elle n'y vît pas une insulte. Aussi, après la première sensation de
saisissement dont nous avons parlé, jeta-t-elle
sur la mourante un regard qui exprimait plus
de ressentiment que de pitié. Cependant, ce
regard s'arrêta tout-à-coup sur un ruban, à
l'extrémité duquel une petite clef, d'un travail
précieux, se trouvait suspendue. Madame de
Luxeuil tourna les yeux vers le secrétaire
d'ébène désigné par M. Vorel, afin de juger
si c'était bien la clef qui devait l'ouvrir, puis,

se levant avec précaution, elle avança doucement la main et saisit le ruban.

Dans ce moment, la malade fit un mouvement, entr'ouvrit les yeux ; et, apercevant la
comtesse dont le visage était près du sien,
elle jeta un bras sur son épaule avec un cri
plaintif. Il y eut pour madame de Luxeuil un
moment plein d'angoisse. La tête à demi penchée, elle apercevait l'enfant, qui lui souriait,
au pied du lit, et sentait la main de sa sœur
qui effleurait sa joue. Malgré son insensibilité elle s'arrêta hésitante et troublée ; mais
bientôt les doigts de la malade redevinrent im-
mobiles. La main glissa de son épaule sur le
lit, et les yeux se refermèrent.

Elle attendit un instant, puis, dénouant
avec adresse le ruban, elle enleva la clef,
laissa tomber le rideau de l'alcôve, courut au
secrétaire et l'ouvrit.

La plupart des compartiments étaient remplis de lettres soigneusement rangées, ou de notes écrites par la baronne. Quelques-unes renfermaient des nœuds de ruban, des anneaux, des fleurs flétries, trésors mystérieux dont la mourante seule eût pu dire le prix. Au milieu, et dans la plus grande case, se trouvaient des papiers d'affaires. Ce fut là qu'après une assez longue recherche, Madame de Luxeuil découvrit un paquet cacheté sur lequel était écrit :

MES DERNIÈRES VOLONTÉS.

Elle s'en empara vivement, regarda autour d'elle, brisa l'enveloppe et déploya le papier qu'il renfermait.

C'était le testament annoncé par M. Vorel.

La comtesse le parcourut rapidement, et en trouva toutes les dispositions conformes à ce que lui avait dit ce dernier. Elle froissa le pa-

pier avec colère et regarda vers le foyer ;
mais, au moment de refermer le secrétaire,
elle s'arrêta indécise. Son œil le parcourut encore une fois, comme si elle eût craint qu'il
né renfermât une seconde copie de l'acte
qu'elle tenait. Penchée pour mieux voir, elle
prenait successivement chaque papier, qu'elle
examinait rapidement, lorsqu'un petit coffret
de chagrin, caché au fond du dernier compar-
timent, frappa tout-à-coup son regard ; elle
l'attira à elle, fit jouer le ressort et tressaillit.

C'était le portrait du duc de Saint-Alofe !

Sous la miniature se trouvaient plusieurs
lettres de lui et quelques réponses de la baronne.

Un éclair de triomphe illumina les traits de
madame de Luxeuil. Ces preuves, si longtemps
désirées et sans lesquelles ses accusations
contre sa sœur avaient pu être repoussées

comme des calomnies, elle les tenait enfin, écrites de la main même des accusés! La joie d'une pareille découverte lui fit oublier tout le reste; elle renversa brusquement le coffret, en éparpilla les lettres sur le secrétaire, ouvrit la première et commença à lire!...

Une exclamation étouffée l'interrompit.

Elle se retourna; la mourante avait soulevé le rideau de l'alcôve et la regardait!

Par un mouvement rapide et instinctif, la comtesse s'éloigna du secrétaire, en s'efforçant de cacher les papiers qu'elle tenait; mais sa sœur s'était soulevée avec un effort violent.

— J'ai vu... j'ai vu!... bégaya-t-elle?

— Quoi donc? demanda madame de Luxeuil troublée.

— Le testament!... c'est lui... je l'ai reconnu... vous l'avez pris là... A moi! Quelqu'un!... du secours!

La voix de la malade avait un accent de ter-
reur et s'était élevée; sa main rencontra le
cordon de la sonnette qu'elle tira avec violence.

— Que faites-vous? s'écria madame de
Luxeuil en s'élançant vers l'alcôve.

— Ce papier, répéta la baronne, qui s'efforça de saisir le bras de sa sœur, rendez-le
moi, je le veux!

La comtesse sembla hésiter un instant;
mais tout à coup elle se dégagea, courut au
foyer et jeta le testament dans les flammes.

La mourante poussa un cri et voulut se précipiter hors du lit; mais les forces lui man-
quèrent. Il y eut pendant quelques instants
une lutte affreuse à voir entre sa volonté et sa
faiblesse : la tête dressée, les bras tendus, et
cherchant un point d'appui dans le vide, le
corps tordu dans un effort suprême, elle se
souleva trois fois à demi, mais enfin, épuisée,

elle se laissa retomber sur son oreiller, la tête renversée en arrière, les deux mains sur ses yeux, et en poussant un gémissement désespéré.

Dans ce moment, madame de Luxeuil entendit un bruit de pas dans l'escalier, et reconnut la voix de la jeune nourrice. Craignant qu'elle n'eût entendu l'appel de sa maîtresse, elle courut à sa rencontre pour l'empêcher d'entrer, et la malade se trouva de nouveau seule avec sa fille.

Pendant quelques minutes tout resta immobile et silencieux autour d'elle. On n'entendait que le bruit du vent qui grondait dans les corridors de la maison isolée, et la respiration précipitée de la mourante, qu'entrecoupaient des sanglots; mais enfin un léger bruit retentit; la petite porte du cabinet, placée près de l'alcôve s'entr'ouvrit len-

tement et laissa passer la tête pâle du Rageur.

Il regarda d'abord autour de lui, traversa la
pièce avec précaution, et, après avoir fermé
au verrou les deux autres portes, il revint au
lit de la malade et s'agenouilla près du chevet.

IV

La tutelle.

Lorsqu'une heure après madame de Luxeuil revint avec M. Vorel, tous deux trouvèrent la malade plongée dans un abattement qui ne lui permettait plus ni le mouvement ni la parole. Son haleine était courte et sifflante, son regard vitreux, ses lèvres convulsivement agitées. Le médecin de Bourgueil connaissait trop bien ces symptômes pour s'y tromper ; il examina quelques instants la malade, consulta son pouls et fit un signe à madame de Luxeuil.

Quelle que fut la dureté de la comtesse, cet avertissement sinistre la troubla; elle détourna la tête et s'éloigna brusquement de l'alcôve.

Un imperceptible sourire effleura alors les traits du médecin, et ses regards se reportèrent sur la mourante. La vue de son agonie semblait exciter en lui je ne sais quelle curiosité cruelle ; il en suivait les crises avec une insensibilité attentive, comptait les convulsions, et regardait la vie s'échapper goutte à goutte comme une eau fuyante.

L'enfant, appuyée sur l'épaule de sa mère, jouait avec ses cheveux épars, et mêlait au râle de l'agonie ses rires et ses gazouillements. Pendant longtemps on n'entendit dans la chambre que ce double murmure sinistre et joyeux. Enfin, tous deux s'affaiblirent peu à peu et s'éteignirent presque en même temps.

Madame de Luxeuil, qui était debout près de la fenêtre, se retourna saisie, et s'approcha vivement de l'alcôve.

L'enfant venait de s'endormir sur les lèvres de sa mère morte en lui donnant un dernier baiser !

La comtesse se laissa conduire, par M. Vorel, hors de la chambre funéraire ; mais après les premiers moments d'affliction obligée, elle se rappela sa nièce et demanda à la voir.

La nourrice avertie, apporta Honorine.

Madame de Luxeuil prit l'enfant dans ses bras et déclara qu'elle ne la quitterait plus.

— Je n'avais qu'un fils, dit-elle en se tournant vers le médecin avec une sensibilité jouée, maintenant j'aurai aussi une fille.

M. Vorel s'inclina.

— Je suis sincèrement touché, pour ma

part, des généreuses intentions de madame
la comtesse, dit-il; malheureusement elle
pourront rencontrer quelques obstacles.

— Des obstacles! répéta madame de Luxeuil
étonnée, et lesquels, Monsieur?

— D'après ce que madame la comtesse m'a
fait l'honneur de me confier, reprit le médecin, les dispositions testamentaires de notre
pauvre et chère baronne peuvent être consi-
dérées comme non avenues.

— Eh bien?

— Eh bien! madame la comtesse, dans ce
cas l'orpheline rentre sous la loi commune.

— Mais cette loi me permet, je suppose, de
remplacer la mère d'Honorine.

— Pour l'affection, sans aucun doute, madame la comtesse; mais pour l'administration
des biens elle appartient au tuteur.

— M. le comte de Luxeuil en prendra le titre,
Monsieur.

— Pardon, dit Vorel avec déférence ; mais je ferai observer à madame la comtesse que ce titre ne se prend pas ; on le reçoit du conseil de famille.

— Soit. Pensez-vous qu'il puisse le refuser au comte ?

— Je ne présume rien ; je rappelle seulement que c'est à ce conseil de faire un choix.

— Et qui pourrait-il choisir, Monsieur ? Honorine n'est-elle point la nièce de M. de Luxeuil ?

— Incontestablement, madame la comtesse, elle est sa nièce... comme elle est la mienne.

Madame de Luxeuil fit un mouvement, et regarda le médecin en face.

— Que voulez-vous dire ? demanda-t-elle.

— Je veux dire, répondit M. Vorel tranquillement, que si la famille l'exige, je suis prêt à prouver quel fut mon attachement pour la mère en servant de protecteur à la fille.

La comtesse ne put retenir un cri de surprise. La prétention du médecin était quelque chose de si inattendu, de si audacieux, que, dans le premier moment, elle hésita à la prendre au sérieux. Mais l'air et l'accent de M. Vorel ne permettaient aucun doute.

— Ainsi, s'écria-t-elle, vous comptez nous disputer la tutelle ?

— C'est sans doute se montrer bien hardi, répliqua Vorel avec humilité; mais je tiens à prouver que mon dévoûment ne le cède en rien à celui de madame la comtesse.

Celle-ci rougit de colère et fit un geste violent.

— Ah ! je comprends, dit-elle d'un accent indigné; vos confidences de ce matin étaient un piège ; vous ne désiriez la suppression du testament que dans l'intérêt de vos propres espérances, et, après vous être servi de moi pour enlever l'obstacle, vous comptez arriver seul au but.

— Je compte seulement témoigner de mon zèle, fit observer tranquillement Vorel, en offrant d'épargner à madame la comtesse les charges de la tutelle.

— Et qu'en voulez-vous faire, enfin, de cette tutelle, Monsieur? demanda madame de Luxeuil poussée à bout.

— C'est une question que l'on pourrait également adresser à madame la comtesse, fit observer doucement le docteur.

— Ah! je vous devine, s'écria celle-ci exaspérée; l'administration des biens de cette enfant vous permettra d'accroître votre fortune.

— Et madame la comtesse, répliqua Vorel, préférerait qu'elle servît à réparer la sienne?

Madame de Luxeuil se leva l'œil menaçant et les lèvres pâles.

— Prenez garde, dit-elle, la voix tremblante de colère, prenez garde à ce que vous dites, Monsieur! Je ne suis point de celles qu'on peut insulter impunément...

— Aussi n'ai-je point songé à insulter madame la comtesse, dit Vorel, respectueusement railleur ; elle parle et je réponds...

— Brisons là, interrompit madame de Luxeuil d'un ton hautain ; de plus longues explications sont inutiles. Puisque l'on prétend nous disputer la fille de ma sœur, nous saurons faire valoir nos droits.

— Madame la comtesse en trouvera bientôt l'occasion, ajouta le médecin, car le conseil de famille doit se réunir dans quelques jours.

— Quel conseil de famille, Monsieur ?

— Celui que le juge de paix de Château-Lavallière doit convoquer d'office pour la constitution de la tutelle.

La comtesse parut stupéfaite.

— Est-ce possible ! s'écria-t-elle, c'est ici que vous ferez décider ?... et par un conseil composé de gens que vous connaissez ?... dont la complaisance vous est assurée ?... Ah ! n'espérez pas, Monsieur, que j'accepte ses délibérations.

— Madame la comtesse ne peut songer à arrêter le cours de la loi, objecta Vorel ; le conseil sera formé, comme le veut l'article 407, de six parents ou alliés pris dans le voisinage, et son choix, quel qu'il puisse être, restera inattaquable.

— Je prouverai le contraire, dit la comtesse impétueusement, car je l'attaquerai sans relâche et par tous les moyens. Vous avez voulu la guerre, vous l'aurez ! Rappelez-vous, Monsieur, qu'à partir d'aujourd'hui je suis votre ennemie !

— Je me le rappellerai, dit le médecin avec une douceur souriante.

Et saluant humblement madame de Luxeuil, il se retira.

Mais cette modération affectée augmenta l'irritation de la comtesse, en même temps que ses inquiétudes. Quelle que fut son inexpérience en affaires, elle avait compris que M. Vorel était appuyé par le code, et un homme de loi, qu'elle fit demander, confirma toutes ses craintes. Au juge de paix seul appartenait la composition du conseil de famille, et la décision de ce dernier devait être souveraine.

Ce fut donc de ce côté que la comtesse dut diriger toutes ses tentatives. Son titre, ses relations, son crédit, lui donnaient une autorité dont elle s'efforça de tirer parti. Elle visita successivement tous les membres du conseil, employant la flatterie et les promesses pour gagner des voix au comte de Luxeuil.

Mais M. Vorel la suivait partout, et n'épargnait aucun effort pour les lui enlever. A l'in-

fluence que son adversaire tenait de la naissance, il opposait celle que lui donnait sa
profession. Car, à notre époque l'autorité du
médecin est devenue aussi étendue que redoutable. Confident obligé de secrets hon-
teux, ridicules ou terribles, conseiller des
actes les plus intimes de la vie domestique,
tenant presque toujours dans ses mains l'honneur des familles, il s'est constitué le véritable
prêtre de cette société matérialisée qui ne
s'est affranchie de l'âme que pour devenir
esclave du corps. La plupart des juges futurs
de Vorel étaient ses clients, et il les tenait
tous par les liens du souvenir, de la prudence
ou de la peur. Il profita habilement de cette
position pour combattre madame de Luxeuil
et s'assurer l'appui dont il avait besoin.

Cependant, lorsque le jour de la réunion
arriva, il lui restait encore quelques doutes

sur le résultat de la délibération qui allait
avoir lieu.

Les membres du conseil de famille étaient
tous rassemblés dans le grand salon de la
maison verte. Près de l'une des fenêtres se tenait le médecin dont les regards inquiets
parcouraient la réunion, comme s'il eut voulu
deviner les dispositions secrètes de chacun ;
un peu plus loin était assise la nourrice avec
l'orpheline sur ses genoux ; enfin, à ses côtés
se tenait madame de Luxeuil en grand deuil,
et affichant pour l'enfant les soins les plus
tendres.

Le juge de paix avait ouvert la délibération
et donné successivement la parole à la comtesse et à M. Vorel qui avaient fait valoir leurs
droits. On venait enfin de passer au vote, et
le résultat de la délibération allait être connu,
lorsque la porte s'ouvrit avec violence, et

laissa voir un homme en blouse, debout sur le seuil : c'était le Rageur.

Il promena d'abord un regard rapide sur l'assemblée, puis s'avançant hardiment, il s'écria :

— Qui de vous est le juge ?

— Que lui voulez-vous ? demanda ce dernier en se levant.

Le Rageur se découvrit.

— Que ce qui vient d'être fait soit détruit, dit-il; car j'apporte un acte qui annule tout.

Et tirant de son sein un papier qu'il posa sur la table placée devant le conseil :

— Lisez, ajouta-t-il; ceci est le testament de la baronne Louis , écrit de sa main et signé par elle !

Les cris poussés par la comtesse et par M. Vorel furent si spontanés, qu'ils se confondirent en un seul cri. Tous deux se levèrent en même temps, coururent au juge et se penchèrent sur le papier qu'il venait d'ouvrir.

C'était bien l'écriture de la morte !

Ils se regardèrent avec une stupéfaction muette.

Les membres du conseil avaient également quitté leurs places et entouraient le juge qu'ils questionnaient tous à la fois ; celui-ci les interrompit d'un geste ; tous firent silence et il lut ce qui suit :

« J'écris à la hâte, déjà glacée par la mort ; mais avec ma raison entière et tout mon souvenir.

« Ceci est ma volonté suprême ; j'en recommande l'exécution à tous ceux qui m'ont aimée, à la loi et à Dieu.

« Je donne pour tuteur à Honorine, ma fille, le duc Charles-Henri de Saint-Alofe, et, à son défaut, M. le conseiller de Vercy. Je recommande à tous deux la conservation de ce qui lui appartient et la défense de ses droits.

« Quant à son éducation, je désire qu'elle soit confiée à la mère Thérèse, prieure de Tours.

« Je laisse enfin à ma fille la moitié d'un anneau que j'ai longtemps porté, et je la recommande au souvenir de celui qui possède l'autre moitié.

« Fait au château La Vallière, ce 50 septembre 1818.

« Baronne LOUIS,

« *Née de Mazerais.* »

Il y eut une assez longue pause après cette lecture. Le Rageur en profita pour s'approcher de l'enfant et lui passa au cou un ruban auquel pendait la moitié d'une bague à garniture d'émeraude. M. Vorel, qui était resté un instant étourdi, tressaillit à cette vue.

— D'où tiens-tu cet anneau? s'écria-t-il en s'avançant brusquement vers le Rageur. Qui

es-tu? Comment cette pièce t'a-t-elle été remise?

— Cette pièce m'a été remise par celle qui
l'a écrite, répliqua le Rageur avec fermeté.
Mon nom est Marc Avril, et je tiens l'anneau
de la baronne.

— Tu lui as donc parlé?

— Oui.

— Quand cela?

— Quelques instants avant sa mort.

Le médecin regarda madame de Luxeuil.

— Il ment! s'écria celle-ci, car j'étais là, je
l'aurais vu. Que cet homme dise comment il a
pu parvenir, à mon insu, jusqu'à la mourante.

Le Rageur parut embarrassé.

— Que vous importe? dit-il.

— Réponds! s'écria M. Vorel frappé de son
trouble; je veux savoir par quel moyen tu es
entré ici?

— Ah ! je le sais, moi, interrompit la nourrice qui venait de s'approcher, et qui, depuis
un instant regardait le Rageur avec effroi.

— Vous avez déjà vu cet homme ? demanda
le médecin vivement.

— Oui, reprit-elle en reculant... c'est lui...
j'en suis sûre....

— Qui donc ?

— Un de ceux qui sont venus il y a huit
jours... pour nous égorger !

Le Rageur recula en pâlissant et voulut s'é-
lancer vers la porte ; mais M. Vorel l'avait déjà
refermée.

Au même instant, tous les bras s'avancèrent
vers lui, et, après une courte lutte, il fut saisi
et garrotté.

V

Seize ans après.

Quiconque a essayé la vie de touriste, sait que les voyages n'offrent jamais une continuité d'aspects ni d'impressions, mais qu'ils se composent de stations rares, éparses, et souvent séparées l'une de l'autre par de longs espaces qui ne peuvent intéresser l'esprit ni attirer le regard. La création semble avoir, comme l'art, des musées où elle réunit toutes ses merveilles, et hors desquels on ne trouve que la monotonie ou le vide. Entre la mer aux grèves sauvages et la montagne aux vallons arcadiens, s'étend la plaine unie, paisible, verdoyante, où les bois continuent les bois, où les prairies suivent les prairies, et qu'il faut traverser au galop des chevaux.

Or, le romancier a, comme le touriste, de longs intervalles, qu'il doit faire franchir rapidement au lecteur. Pour lui n'existent ni la distance ni le temps. Semblable à l'ange révolté qui enleva le Christ sur la montagne, il montre à ceux qui l'écoutent, non l'humble campagne qui se déroule à ses pieds, mais tout ce qu'il a pu réunir de tentateur et de merveilleux aux quatre airs de vent. Dédaigneux des lenteurs de la réalité, il parle, et un autre horizon se lève, et l'homme jeune est devenu un vieillard, et l'enfant, transformé, apparaît couronné de force et de jeunesse.

Nous profiterons de ce dernier privilége pour franchir d'un bond seize années, et présenter à nos lecteurs l'orpheline de la Maison-Verte, non plus chétive et souffrante, mais grande et belle jeune fille devant laquelle le monde va s'ouvrir.

Les dernières volontés de la baronne avaient été accomplies; confiée à la supérieure de Tours, Honorine grandit au couvent, sans s'apercevoir qu'il lui manquait une famille.

Celle-ci, de son côté, l'oublia complètement En perdant l'espérance de la tutelle, madame de Luxeuil et M. Vorel avaient semblé renoncer à tout lien de parenté. La première, devenue veuve, ne s'informa plus de sa nièce, et le médecin, qui avait réussi à se réconcilier avec la mère Louis, alla habiter le domaine des Motteux, d'où il parut demeurer également étranger à tout ce qui concernait l'orpheline.

Mais cette dernière avait trouvé au sacré-

cœur de quoi la dédommager de cet abandon.
La supérieure l'y avait d'abord reçue avec une
tendresse passionnée qui se communiqua insensiblement aux autres religieuses. Habituellement consacrées à l'instruction de jeunes
filles déjà grandes, celles-ci donnaient pour la
première fois leurs soins à une enfant, et cette
nouveauté réveilla en elles les instincts de la
femme, endormis plutôt qu'étouffés : avec leurs
autres élèves, elles n'étaient qu'institutrices,
avec Honorine elles devinrent mères. Grâce à
elle, chaque recluse connut quelque chose de
ces inquiétudes, de ces attentes, de ces saisis-
sements qui sont la vie de famille, et donnent
seule de la saveur à la joie. Il y eut un intérêt
et une émotion dans leur solitude.

Aussi ce fut à qui aurait la meilleure part
de cette maternité spirituelle ; toutes ces âmes
pleines d'expansions retenues, assiégeaient
l'âme naissante de l'enfant pour y éveiller une

sympathie et prendre date dans sa tendresse.

Honorine, d'abord souffrante, se ranima insensiblement au milieu de cette atmosphère de caresses, et, fières de leur œuvre, les religieuses l'aimèrent davantage en la voyant revivre. Sa santé, sa joie, sa beauté, tout leur appartenait; elles en faisaient leur bonheur et leur gloire, en même temps que leur tourment. Toutes leurs existences tenaient, par le fil invisible du dévoûment à cette existence sauvée.

Tant d'abnégation pouvait amener la mollesse, ou encourager l'égoïsme; l'heureuse nature d'Honorine la sauva de ce danger. Elle accepta l'affection de celles qui lui servaient de mère, avec la simplicité d'un cœur capable de rendre ce qu'on lui donne. Gaie et charmante, elle devint le bonheur du couvent après avoir été sa sollicitude. A mesure qu'elle grandissait, celui-ci semblait s'animer de sa jeunesse; on eût dit un soleil levant dont les rayons, chaque jour plus vifs, réveillent partout la vie qui sommeille.

Et sa présence n'avait point été seulement pour ces pieuses filles une cause de joie, mais d'amélioration ; car dans cette affection commune s'étaient fondues toutes ces petites aigreurs des cœurs inoccupés. Chaque religieuse, désormais, avait un intérêt humain, un but visible, et sa vie ne restait point uniquement renfermée dans les énervantes aspirations vers l'inconnu.

Elles se partagèrent l'instruction d'Honorine, qui reçut leurs leçons, pour ainsi dire à son insu, et sans distinguer la récréation de l'étude. Douée d'un de ces esprits heureux où toute graine semée germe d'elle-même, elle ne connut ni la fatigue du travail, ni l'angoisse des réprimandes, et atteignit douze ans presque sans connaître les larmes.

Vers cette époque arriva un événement de

peu d'importance, mais qui, dans la vie paisible et uniforme de l'orpheline ne pouvait manquer de laisser un souvenir. La supérieure prit un nouveau jardinier. C'était un vieillard à cheveux blancs, mais dont l'aspect robuste semblait démentir l'âge. Dès les premiers jours, il distingua Honorine parmi ses compagnes, et se prit pour elle d'une affection singulière. Chaque fois que l'enfant paraissait dans le jardin, il interrompait son travail pour la suivre d'un regard qui semblait s'attendrir; il reconnaissait sa voix et jusqu'à sa manière de courir derrière les charmilles; lors même qu'elle n'était plus là, il continuait à s'occuper d'elle, en soignant le petit parterre qui lui avait été donné.

Il ne lui parlait, du reste, que rarement et toujours pour répondre à quelque question; son dévoûment était humble et muet comme celui du chien. Lorsqu'il voulait montrer à

l'enfant quelque fleur rare, cultivée à son
intention, ou quelque fruit cueilli pour elle,
il faisait entendre un sifflement cadencé
qu'elle connaissait et qui la faisait accourir.
On s'était d'abord un peu étonné, au couvent,
de cette préférence passionnée, mais telle
était l'amitié de tout le monde pour l'enfant,
qu'on avait fini par la trouver naturelle. Quant
à Honorine, accoutumée aux soins empres-
sés de ses institutrices, elle accepta ceux
d'Etienne avec reconnaissance, mais sans surprise. Elle ne passait jamais près du vieillard
sans lui adresser un sourire ou un salut amical, et Etienne, qui tressaillait à sa voix, ne
répondait que par un geste, par un coup
d'œil, tout au plus par un mot tremblant qui
révélait je ne sais quel mélange d'angoisse et
de joie.

Le jardin du couvent ne formait qu'une
petite partie de son enclos. Celui-ci compre-

nait, en outre, des vergers, un bois et des prairies, à l'extrémité desquelles se trouvait un vivier assez profond pour porter une nacelle. Les religieuses aimaient à s'y embarquer avec quelques élèves choisies et à faire le tour du petit étang pour couper les joncs et cueillir les fleurs de nénuphar.

Un jour qu'Etienne se trouvait au bout du verger, où il recevait les ordres de la prieure, des cris de détresse se firent entendre vers le vivier. Tous deux accoururent effrayés et aperçurent la barque chavirée. La religieuse et une pensionnaire flottaient, près de s'engloutir au milieu des roseaux !

Etienne laissa tomber sa veste, ses sabots, son tablier, et s'élança à leur secours.

Au bout de quelques instants, toutes deux furent à terre; mais à peine la religieuse eut-elle repris ses sens qu'elle regarda autour d'elle et s'écria avec épouvante:

— Honorine ?

— Vous l'aviez avec vous? demanda Etienne, qui devint pâle.

— Ah ! sauvez-la ! sauvez-la !...

Il n'en entendit pas davantage ; courant vers l'étang, les bras étendus, il s'élança d'un bond jusqu'à la barque et disparut sous les eaux.

Les religieuses accourues se pressaient sur le bord avec des sanglots. Trois fois Etienne remonta seul en poussant des cris de désespoir ; trois fois il replongea au plus profond de l'étang, avec une sorte de rage, enfin il reparut soulevant dans ses bras Honorine , regagna le bord et la déposa à l'ombre des saules.

Les religieuses éperdues s'empressèrent autour de l'enfant inanimé ; et, après des efforts longtemps infructueux, un cri de joie partit, elle avait fait un mouvement... elle vivait !

A ce cri , Etienne qui se tenait près d'elle à genoux , le corps penché , tous les membres tremblants et l'œil égaré, joignit les mains avec un sourd gémissement de joie, et s'évanouit.

Le médecin que l'on avait envoyé chercher survint heureusement. Après avoir rassuré les religieuses, il les engagea à reconduire au couvent Honorine, complètement ranimée, tandis qu'il aidait lui-même à transporter le jardinier dans la maisonnette qu'il occupait au bout des prairies.

Il en revint bientôt annonçant qu'il avait repris connaissance et ne courait aucun danger; mais il demanda la supérieure, lui parla à l'écart, et l'on apprit le soir même, avec étonnement, qu'Étienne appelé et longtemps entretenu par elle avait quitté le couvent pour n'y plus revenir.

Honorine se montra sérieusement affligée de ce départ et fit de vaines tentatives pour en connaître la cause; tout ce qu'elle put

apprendre, c'est qu'en le jugeant nécessaire,
la supérieure l'avait vu avec regret, et conservait pour l'ancien jardinier, un profond
sentiment de rconnaissance.

Cette aventure fut la seule qui traversa l'enfance d'Honorine; les années suivantes s'écou-
lèrent sans lui laisser d'autre trace de leur passage que le vague souvenir d'un bonheur
toujours renouvelé. Appuyée sur des mains
amies, elle passa, par une pente insensible,
des gaîtés du premier âge aux enchantements
de la jeunesse.

On croit en général l'éducation de couvent
triste, austère et pleine de pruderie; mais,
sur ce point comme sur beaucoup d'autres,
on s'abuse. Nulle part ailleurs, au contraire,
la vie n'est plus égayée de ces petits plaisirs
qui sont le pain quotidien de la joie, nulle
part vous n'avez à craindre moins de contrainte, moins de sévérité. Rassurées par

l'isolement, les maîtresses peuvent laisser à leurs élèves une liberté d'expansion qu'on ne pourrait accorder ailleurs sans danger. Aussi, loin de pécher par soumission ou timidité, celles-ci tendent-elles presque toujours à l'excès contraire. Au sortir de ces saintes volières, où ne leur a jamais manqué le grain, la sûreté, l'espace ni le soleil, elles s'élancent dans la vie comme le pigeon voyageur, curieuses de voir, avides de sentir, mais ne soupçonnant ni la faim, ni l'orage, ni les chasseurs.

Le caractère d'Honorine devait lui donner, plus qu'à aucune autre, cette périlleuse confiance. Âme ouverte et tendre, elle participait à la vie de tout ce qui vivait ; elle avait besoin d'aimer tout ce qui pouvait être aimé. Rattachée par la sympathie à chaque œuvre de la création, elle ne pouvait voir languir la plante, elle ne pouvait entendre l'animal se plaindre ;

elle pleurait en regardant pleurer. La bienveillance des autres lui était indispensable
comme l'air. Son sourire affectueux cherchait
le sourire sur toutes les lèvres ; un regard
froid la rendait inquiète, un geste mécontent
la glaçait. On eût pu la représenter comme
ces saintes que l'art naïf du moyen-âge nous
a peintes les bras tendus et tenant à la main
leur cœur enflammé, symbole d'ardente charité, mais que complète, hélas ! toujours la couronne du martyre !

La première douleur qui atteignit Honorine,
fut le départ d'une partie des religieuses qui
l'avaient élevée. Soit que l'on eut besoin ailleurs
de leur zèle, soit qu'obéissant à la règle, on
voulût les défendre des attachements que crée
l'habitude, elles reçurent l'ordre de quitter le
couvent de Tours pour se rendre à Paris.

La séparation fut déchirante : le devoir religieux imposait en vain la résignation à cel-

les qui partaient ; l'affliction impétueuse d'Honorine déconcerta toutes leurs résolutions.
Les adieux, vingt fois achevés et repris, se
continuèrent dans les larmes jusqu'au moment où il fallut s'arracher des bras de l'orpheline. Les religieuses partirent sans espérance de la revoir, et, ne pouvant lui donner
de rendez-vous que de l'autre côté de la tombe !
C'était, pour chacune d'elles, comme une fille
qui meurt, et pour Honorine comme une famille qui se disperse.

Cependant, son premier amour, la plus tendre et la plus chérie de ses mères ne lui avait
point été enlevée ; la supérieure restait. Mais
le bonheur ressemble aux plus belles fleurs ;
qu'une première feuille tombe et bientôt chaque brise en emporte une nouvelle. Peu de
temps après, la prieure tomba dans une langueur que ni les soins ni les remèdes ne purent

dissiper, et à laquelle elle succomba au bout de quelques mois.

Le désespoir d'Honorine inspira un instant des craintes sérieuses. C'était le premier coup qui frappait ce cœur désarmé, et sa douleur fut horrible ; mais si la nouveauté de la blessure la fit plus cuisante, elle rendit aussi plus certaine la guérison. Honorine n'était point épuisée par ces longues luttes qui enlèvent à la volonté son ressort, et retiennent l'âme dans l'abattement, faute de vitalité pour revenir à la santé. Armée de toutes ses forces, elle se releva de ce premier choc.

Un grand changement, survenu dans sa destinée, fit d'ailleurs diversion à sa douleur et reporta ailleurs ses préoccupations.

Madame de Luxeuil avait été avertie de ce qui venait d'arriver, et cet événement imprévu réveilla chez elle des projets oubliés. La partie du testament de la baronne qui confiait l'éducation d'Honorine à la prieure de Tours se trouvait naturellement annulée par la mort de celle-ci, et le sort de l'orpheline était désormais remis à la décision du conseiller de Vercy qui, à défaut du duc de Saint-Alofe, avait accepté la tutelle. Ce fut donc à lui que la comtesse s'adressa, en lui dépêchant un de ses amis dévoués, le marquis de Chanteaux.

Bien que fort jeune au moment de la Révolution, M. de Chanteaux avait quitté la France avec la plus grande partie de la noblesse, et s'était mêlé à toutes les intrigues royalistes de l'époque. C'était un des agents les plus actifs de ce comité qui combattait la République au moyen de proclamations supposées et de faux assignats fabriqués par une réunion de prêtres émigrés, sous la direction d'un évêque. Le marquis avait même pris part à cette dernière opération, et y avait acquis une remarquable adresse pour imiter les empreintes et

contrefaire les écritures. Rentré en France
sous le Consulat, il y avait mené une vie oisive
et peu régulière jusqu'à la première rentrée
des Bourbons. Les événements des Cent-jours
l'amenèrent dans la Vendée, où il prit le commandement de plusieurs bandes d'insurgés qui
se signalèrent par la prise de quelques bourgs
et le pillage des diligences ; enfin, la seconde
restauration reconnut ses services passés et
présents en lui accordant une place de gentil-
homme à la chambre. *L'accident* de juillet lui
enleva cette position, et depuis, il s'était tenu
à l'écart parmi les boudeurs du faubourg Saint-
Germain.

M. de Chanteaux, qui joignait aux grandes
manières de la vieille noblesse les formes su-
rannées de la galanterie impériale, pouvait passer pour un exemple remarquable de cette gé-
nération fossile dont la chambre haute pré-

sente de nos jours la plus curieuse et la plus
complète exhibition.

Heureusement que la mission dont il avait
été chargé par la comtesse offrait peu de dif-
ficultés. Il n'eut point de peine à faire comprendre à M. de Vercy, que la mort de la
prieure plaçait Honorine dans une situation
nouvelle, et que, destinée à vivre hors du
couvent, le moment était venu pour elle d'en
sortir. Or, nul ne pouvait mieux que madame
de Luxeuil, vu son titre de tante et ses habitudes, faciliter à la jeune fille son entrée dans le
monde ; aussi M. de Vercy accepta-t-il avec
reconnaissance la proposition que lui fit faire
la comtesse de se charger de sa pupille, et il fut
convenu qu'elle viendrait la prendre à Tours,
où le conseiller devait se rendre lui-même
pour la lui remettre officiellement.

Tout se passa comme on en était convenu.
Madame de Luxeuil arriva au jour indiqué,

vit M. de Vercy qu'elle enchanta par ses prévenances, et alla avec lui au couvent pour chercher sa nièce.

Cette dernière, qui avait été prévenue, se
tenait prête. L'absence et la mort avait dépeu-
plé pour elle la maison où elle avait grandi ;
tout ce qui avait fait là sa joie, n'était plus
maintenant que source de regrets. Celles qui
l'avaient élevée et chérie avaient emporté avec
elles les doux échanges d'émotions, les tendres
encouragements, les affectueuses réprimandes ; désormais le couvent était vide, la famille
avait disparu ! Elle se résigna donc à suivre la
comtesse sans trop de peine, chassée d'un côté
par le vide qui s'était fait autour d'elle, attirée
de l'autre par cet attrait du changement et de
l'inconnu, illusion des premières années.

Ce fut seulement au moment de partir, que
tout son passé se redressa sous ses yeux,
comme un doux fantôme qui se plaçait devant

le monde pour la retenir dans la solitude ;
mais elle l'écarta de la main, et après avoir
jeté, en tremblant, un dernier regard éploré
à ce toit sous lequel elle avait épuisé toutes les
joies pures du commencement de la vie, elle
monta dans la chaise de poste de sa tante et
prit avec elle la route de Paris.

VI

La Forge des Buttes.

Entre Longjumeau et Arcueil se trouve un plateau inculte que la grande route traverse pendant assez longtemps, et qui forme, avec tout le pays environnant, un contraste aussi triste qu'étrange. Vous quittez une campagne arrosée, féconde, ombreuse, que vous allez retrouver, de nouveau, un peu au-delà, et, entre ces deux oasis, s'étend une sorte de sahara où tout manque à la fois. Aussi loin que vos regards peuvent atteindre, vous n'apercevez qu'une terre desséchée sur laquelle rampent quelques bruyères jaunâtres et que déchirent des rocs blanchis par la mousse. Aucun arbre, aucune habitation ! Pas même un de ces troupeaux de moutons maigres et fauves qui broutent les landes de la Bretagne ou de la Sologne. Tout est abandonné et désert.

C'est seulement après avoir franchi la moitié de cette solitude désolée que vous rencontrez une mâsure servant, en même temps, de cabaret et d'atelier pour un maréchal-ferrant. Elle est connue sous le nom de la *Forge-aux-Buttes* et assez mal famée, même parmi les voituriers et les paysans qui la fréquentent, à cause de sa position.

Trois de ces derniers venaient de s'y arrêter, au déclin du jour, et causaient à quelques pas de la porte, tandis que le maréchal achevait de ferrer le cheval de l'un d'eux.

Tous trois parlaient à demi-voix, comme des gens qui ont des précautions à prendre.

— C'étaient eux, je vous dis, répétait, avec insistance, le plus petit, à qui sa blouse brodée au collet et son fouet passé en bandouillère donnaient l'air d'un charretier momentanément sans attelage; ils sont arrivés tous trois dans la petite auberge de Linas, comme j'allais partir.

— Et ils t'ont vu? demanda le second paysan, qui tenait sous le bras une de ces longues canardières d'affût en usage parmi les braconniers.

— Ah! bien oui, reprit le charretier, il faudrait donc pour ça que *j'aurais* volé mon surnom de Furet, je me suis couché sur un banc comme si j'avais mon *plein*, mais à distance convenable pour savoir ce qu'ils disaient.

— Alors, tu les a entendus?

— Oui; il était question d'une voiture bour-

geoise que l'Alsacien avait vue arrêtée à Longjumeau et à laquelle *il avait préparé un accident.*

— Quel accident?

— Ils n'ont pas donné d'explications ; tout
ce que je sais, c'est qu'ils devaient l'attendre
au passage.

— Où allait-elle?

— Il m'a semblé, d'après quelques mots du
Parisien, que ça devait être du côté de *Souci*
ou de *Bel-Air.*

— Alors c'est la route de Fontenay qu'ils
ont dû prendre?

— Oui.

— Faut y aller.

— C'est mon opinion.

— Allons-y, dit le braconnier, aussi bien je
voudrais en finir avec ces trois gredins. Ils nous
empêchent de gagner notre vie en douceur ;

ils ont été les *charlots* (assassins) du grand Baptiste : faut le revenger !

— A propos, reprit le troisième paysan, qui semblait exercer une autorité sur les deux autres, il me semble, Petit-Jean, que tu as parlé tout-à-l'heure au maréchal comme à une connaissance.

— Tiens, c'est juste, je vous ai pas dit, reprit l'homme à la canardière ; c'est un ancien confrère ; un *cheval de retour* (forçat libéré).

— Et il est établi maintenant ?

— C'est-à-dire qu'il a essayé ; mais l'état ne va pas, et comme voilà un an qu'il oublie de payer son loyer...

— Le propriétaire de la forge lui a donné congé ?

— Ce qui le vexe tant, qu'il me disait tout-à-l'heure qu'avant de partir, il voudrait démolir la baraque.

— Et bien mais, maintenant qu'il va être

sans état; est-ce qu'on ne pourrait rien faire
de lui ?

— Oh! faudrait pas s'y fier, Monsieur Marc,
il nous jouerait quelque tour de gueusard;
c'est un ami du Parisien, et avec vous faut des
lapins qui travaillent en conscience.

— Au fait, c'est à Jacques qu'il faut songer,
reprit le paysan. Nous allons partir séparément, mais sans nous perdre de vue, car il
est possible que nous ne nous entendions pas
avec ces *messieurs*, et qu'il y ait du gra-
buge.

— A leur idée, dit le charretier, en passant
les mains par les poches de sa blouse, sous laquelle se dessinèrent des crosses de pistolets,
j'ai là deux *aboyeurs* qui ne demandent pas
mieux que de faire la conversation. Vous
n'avez qu'à monter à cheval, Monsieur Marc.

— Oui, le Furet ira devant.

— Et moi, je vous suivrai.

— C'est convenu.

Tous trois se rapprochèrent de la forge, et Marc allait détacher sa monture pour se remettre en route, lorsqu'un nom prononcé par un valet en livrée qui venait de paraître sur le seuil de la forge, attira tout à coup son attention.

— C'est la chaise de poste de madame la comtesse de Luxeuil, disait-il, vous ne perdrez pas votre peine.

— C'est sûr qu'il n'y a rien de brisé? demanda le maréchal.

— Rien, une des petites roues s'est seulement détachée.

— Et vous avez laissé la voiture près d'ici?

— A deux cents pas. Tenez, voici M. le marquis de Chanteaux avec madame la comtesse et sa nièce, qui se sont décidées à descendre.

Marc regarda dans la direction indiquée par
le valet, et laissa échapper une exclamation
subite.

— Qu'est-ce que c'est? demanda le braconnier qui rebouclait une des gourmettes du
cheval.

— C'est elle! balbutia Marc palpitant.

Le braconnier regarda sur la route.

— Tiens! vous connaissez ces dames?
dit-il.

Le paysan ne répondit rien, mais il recula,
comme s'il eût voulu se cacher derrière son
cheval. Dans ce moment, madame de Luxeuil
et le duc passèrent pour entrer à la forge. Honorine, qui les suivait à quelques pas, s'arrêta
près de la porte. Marc abandonna aussitôt la
bride qu'il tenait à la main, et fit un brusque
mouvement vers elle.

— Et bien, où allez-vous donc, Monsieur
Marc? demanda le braconnier.

— Tais-toi! murmura le paysan, je ne pars plus!

— Ah! bah! mais les autres alors!

— Tu iras à leur rencontre.

— Seul?

— Avec le Furet. Prends mon cheval; on se retrouvera à la roche.

— A l'entrée du bois?

— Oui, près de la grande barrière.

— Bon.

Toutes ces phrases s'étaient échangées rapidement et à voix basse. Le braconnier se mit en selle sans en demander davantage, et partit suivi du Furet.

Marc se retourna alors vers Honorine.

Celle-ci était debout à la même place, regardant avec un étonnement curieux la campagne qui se déroulait devant elle.

Les dernières lueurs du soleil à son déclin, éclairaient le plateau légèrement incliné vers

le couchant, et faisait ressembler son sol jau-
nâtre veiné de bruyères rouges, à une mer de
soufre traversée par des sillons de flammes.
Les rocs décharnés qui s'élevaient de loin en
loin prenaient une sorte de mouvement confus sous le jeu de la lumière et de l'ombre, et
un brouillard lumineux ceignait l'horizon en-
trecoupé de quelques percées plus pâles. Le
galop du cheval monté par le braconnier
s'était déjà perdu au loin, et l'on n'entendait
plus que le murmure de la brise de nuit rasant
les rochers et les bruyères.

La jeune fille se mit à contempler cet ensemble sauvage. Les douloureuses émotions
dont elle avait été récemment agitée l'avaient,
pour ainsi dire, initiée à la rêverie. Elle comprenait maintenant quelle joie pouvait trouver une âme fatiguée de la réalité à se jeter
dans ses sommeils éveillés où nous nous
créons, à nous-mêmes, nos songes. Puis, tant

d'événements s'étaient succédé dans ces derniers temps, tant d'autres se préparaient, que
la jeune fille se sentait comme prise de ver-
tige. Sa vie entière, depuis quelques jours, lui
semblait un rêve; elle avait peine à distinguer
le fait de la pensée, la supposition de la réalité : tout était pour elle incertain, flottant, et
elle vivait, depuis quelques heures, comme
ces personnes à demi-éveillées qui n'ont point
retrouvé la conscience d'elles-mêmes.

Cependant, le bruit que fit Marc en s'approchant, l'arracha à sa contemplation. Ses yeux
se portèrent sur lui, indifférents d'abord, puis
plus attentifs; ses traits exprimèrent une surprise mêlée de doute. Elle fit un pas vers le
paysan, ouvrit la bouche pour parler et s'arrêta troublée.

Celui-ci la salua.

— J'espère que l'accident arrivé à la chaise
de poste de madame la comtesse pourra faci-

lement se réparer, dit-il avec un sourire bienveillant.

— Je l'espère, répliqua Honorine, dont les yeux ne pouvaient se détacher du paysan.

— Mademoiselle a dû être bien effrayée...

— C'est sa voix! s'écria la jeune fille avec une sorte d'explosion.

Marc parut déconcerté.

— Pardon, reprit-elle en rougissant un peu, mais vos traits, votre accent me rappellent une personne que j'ai connue... et cependant Étienne était plus vieux, car il avait des cheveux blancs... Mais, dites-moi, n'auriez-vous pas eu un frère aîné, jardinier au couvent du Sacré-Cœur, à Tours?

— Faites excuse, mam'selle, je n'ai jamais eu de frère, répondit Marc.

— Alors la ressemblance m'a trompée, dit Honorine, avec une sorte de regret.

— Il n'y a pas d'affront, observa le paysan

d'un ton de bonhomie, pourvu que mademoiselle n'ait pas de reproches à faire à cet
Étienne...

— Des reproches, répéta la jeune fille, c'est
à lui que je dois de vivre!.... Et il est parti
sans que j'aie pu le remercier! Aussi, lorsque
j'ai cru le reconnaître en vous, j'ai été saisie
d'un mouvement de joie!...

— C'est bien de l'honneur pour moi, dit le
paysan, en portant la main à son chapeau;
comme ça mam'selle était au Sacré-Cœur de
Tours.

— Oui Monsieur.

— Ah! je connais bien Tours, reprit Marc
d'un air ouvert, et le Sacré-Cœur aussi!... Il y
a là une sainte femme pour supérieure.

— Hélas! elle n'est plus! interrompit Honorine, dont les yeux se remplirent de
larmes.

Le paysan fit un brusque mouvement.

—Est-ce bien possible, s'écria-t-il ; la mère Thérèse est morte ?

— Depuis un mois.

Marc changea de visage.

—Ah ! je comprends alors, dit-il, comme s'il se parlait à lui-même, c'est pour ça que vous avez quitté le couvent... que vous allez demeurer avec la comtesse ?

Honorine répondit affirmativement, et il se fit un silence. La jeune fille venait d'être ramenée à des souvenirs qu'elle pouvait oublier par intervalles, mais qui, au moindre rappel, lui revenaient aussi cuisants. Quant à Marc, il était tombé dans une préoccupation subite. Il en sortit pourtant au bout de quelques minutes.

— De manière que mam'selle va à Paris, dit-il, eu reprenant son ton de liberté bienveillante ; ça va être pour elle un fier change.

ment, oui ! car je présuppose que mam'selle demeurera chez madame la comtesse ?

— En effet, dit Honorine, un peu étonnée de la familiarité causeuse du paysan.

— Oh ! c'est une grande maison, reprit celui-ci, et où l'on s'amuse à mort.

— Vous connaissez donc madame de Luxeuil ?

— C'est-à-dire que j'en ai entendu parler par un pays, qui avait sa nièce au service de la comtesse ; mais il n'a pas voulu la laisser, parce qu'il trouvait que c'était pas assez sûr.

— Comment ?

— Madame la comtesse reçoit toute sorte de monde, à ce qu'il paraît, et, à Paris, il y a plus de diables que de saints, sans compter que le fils de madame de Luxeuil est le roi des bons vivants. Vous ne le connaissez pas, M. Arthur ?

— Non, répliqua la jeune fille, que les confidences du paysan commençaient à embarrasser, et qui regarda derrière elle, comme si elle eût voulu rejoindre sa tante.

— Eh bien vous ferez sa connaissance, continua Marc du même ton, c'est un mauvais sujet fini, à ce que l'on dit...

Honorine ne voulut point en écouter davantage, elle avait gagné le seuil de la forge et y entra.

Marc allait la suivre, lorsque la chaise de poste, remise en état, parut précédée du postillon, qui conduisait les chevaux au petit pas. Derrière, venait le maréchal avec trois nouveaux compagnons, par lesquels il avait été rejoint sur la route.

Malgré la nuit qui commençait, Marc crut les reconnaître. Il pencha l'oreille pour écouter les voix qui se faisaient entendre dans l'ombre, sembla douter encore, et se glissa

derrière le mur ruiné qui servait de clôture à
la cour du maréchal.

Presque au même instant les nouveaux venus atteignirent celle-ci, et, à la clarté de la
forge, Marc reconnut le Parisien, Moser et le
Bruc.

La présence de ces trois hommes fut pour
le paysan un trait de lumière. Le Furet s'était
évidemment trompé sur la direction qu'ils devaient prendre, et la voiture à laquelle ils
avaient *préparé un accident* était celle de madame de Luxeuil. Quelque circonstance for-
tuite les avait, sans doute, empêchés de mettre
à profit cet accident, mais ils pouvaient retrouver l'occasion manquée, en attendant la
chaise de poste vers l'entrée du pont d'An-
tony. La nuit serait alors complète, la route
déserte et l'endroit favorable. Le danger auquel la comtesse et sa nièce venaient d'échapper n'était donc, pour ainsi dire, qu'ajourné

D'un autre côté, le départ des deux compagnons de Marc rendait son intervention im-
puissante, et, après les avertissements du
braconnier, il ne pouvait espérer aucun secours du maréchal-ferrant.

Toutes ces réflexions se présentèrent à lui
coup sur coup, et il cherchait encore ce qu'il
devait faire, lorsque le Parisien et Moser répa-
rurent sur le seuil de la forge.

Tous deux se consultaient à voix basse et
montraient la direction d'Arcueil. Il était clair
que Marc avait deviné leurs intentions et
qu'ils voulaient prendre les devants, pendant
que les voyageuses, qui avaient rejoint la
chaise de poste avec le marquis, achevaient
quelques arrangements. Le paysan comprit
que le moindre retard pouvait tout perdre et
son parti fut pris à l'instant même. Sortant de
derrière le mur qui le cachait, il s'avança d'un
pas ferme vers la forge, passa lentement, sans

paraître y prendre garde, devant le groupe
qui causait en dehors du seuil et entra chez le
maréchal.

A sa vue, le Parisien et le Juif s'étaient re-
jetés de côté, avec un mouvement de surprise,
et ils regardèrent autour d'eux.

— C'est lui ! murmura le premier.

— C'est pien lui ! répéta l'Alsacien.

— Il est seul !

— Tout zeul !

— Et il ne nous a pas reconnus ?

— Non.

— Alors, c'est un quine à la loterie, reprit
rapidement Jacques; au diable la chaise de
poste ! je reste ici.

— Gomment ! tu renonces à notre broget ?

— Veux-tu laisser échapper ce brigand ?

— Non, non, dit Moser, dont l'accent exprimait le combat que se livraient en lui l'ava-

rice et la haine ; mais manquer une affaire,
c'est pien tur !

— On peut en retrouver une autre, fit
observer le Parisien, tandis que nous ne re-
trouverons jamais une occasion pareille de
nous venger. Veille à la porte pour que j'aver-
tisse le Bruc.

Il alla retrouver celui-ci, qui causait avec
le maréchal, leur parla quelque temps à voix
basse ; puis tous trois rejoignirent l'Alsacien.

Dans ce moment le fouet du postillon se fit
entendre et la chaise de poste partit au galop.

Marc fit un geste de joie, les voyageurs
étaient sauvés.

Mais lui-même se trouvait au pouvoir d'en-
nemis dont il ne pouvait attendre aucune pitié. Il promena autour de lui un regard rapide
passa dans la seconde pièce, courut à la fenêtre
et l'ouvrit ; mais au moment où il posait le pied
sur le rebord de l'embrâsure, les deux volets

se fermèrent brusquement, et il entendit qu'on les barrait au dehors.

Il s'élança vers la porte ; elle était gardée !

Marc recula en plongeant les deux mains dans les poches de sa longue veste, et alla s'appuyer le dos à la muraille.

Il entendit un chuchottement, comme si les assaillants se fussent consultés, puis il se fit un silence, et le Parisien entra suivi de Moser.

L'homme au gourdin et le maréchal ferrant restèrent sur le seuil.

Jacques fut, comme d'habitude, le premier à prendre la parole.

— Ah ! tu ne nous attendais pas, mon petit, dit-il avec une haine évidemment combattue par la crainte, et en s'arrêtant à quelques pas du paysan.

—Au contraire, répondit Marc tranquillement, car je vous cherchais.

— Tu l'avoues! s'écria Jacques, qui devint bleu de colère. Avez-vous entendu, vous autres? Il avoue qu'il nous cherchait.

—Faut le refroidir! cria le Bruc de la porte.

Le Parisien et Moser firent un mouvement pour se précipiter sur Marc; mais il retira aussitôt les mains de ses larges poches et présenta, à chacun d'eux, le canon d'un pistolet.

L'Alsacien et Jacques regagnèrent précipitamment l'entrée.

— Vous voyez que j'ai de quoi vous servir, réprit-il sans s'émouvoir; ne faites donc pas les méchants, et restons-en à la conversation.

—Y croit nous faire beur, le prigand! dit Moser, qui se tenait en dehors de la baie de la porte et complètement effacé derrière la cloison.

— Pas moi, répondit Marc, mais ces deux joujoux.

— Tire donc si tu as du cœur ! cria Jacques.

— J'aime mieux tirer à bout portant.

— Ainsi, tu resteras là ?

— Jusqu'à ce que vous me laissiez la route libre.

Le Parisien parut embarrassé : il se tourna vers ses compagnons, et tous quatre se consultèrent assez longtemps à voix basse ; enfin, la porte fut repoussée, fermée à double tour, et Marc se trouva prisonnier.

Il prêta l'oreille, cherchant à deviner ce qui se préparait contre lui ; mais il n'entendait qu'un murmure confus, à travers lequel retentissaient de loin en loin quelques mots isolés prononcés plus haut. Il distingua ceux de *loyer... chassé... gueux de bourgeois... Vengeance pour deux.* Puis les voix se turent, comme si tout le monde était tombé d'accord ;

le soufflet de la forge commença à se faire en
tendre, et une lueur brilla à travers la porte
mal jointe.

Marc, inquiet, appuya l'œil contre une des
fentes.

Le Parisien et ses compagnons étaient occupée à briser les bancs et les tables, dont ils
jetaient les débris dans la forge. Le maréchal-
ferrant regardait tranquillement cette des-
truction de son mobilier et activait lui-même
le feu.

Tout ne tarda pas à s'embrâser. Alors
chacun saisit un des fragments enflammés,
qui furent dispersés le long des charpentes,
contre la cloison et jusque sous le toit de
chaume. L'incendie se déclara en même temps
sur dix points séparés.

Marc qui comprit leur intention, se préci-
pita contre la porte et la secoua avec violence;
mais la serrure résista à tous ses efforts.

— Ah! le monsieur du cabinet particulier se réveille, dit le Parisien, en éclatant de rire; entendez-vous comme il sonne le garçon?

— Ouvrez, ouvrez, s'écria Marc, qui continuait à agiter inutilement la porte.

— Voilà! bourgeois! reprit Jacques avec la même ironie féroce; vous allez être servi... un plat à l'étuvée avec sauce à la vapeur... Eh! toi le Bruc, mets donc quelques tisons contre la cloison pour que le bourgeois se chauffe de plus près.

— Cartez-fous, interrompit Moser, qui avait gagné le seuil, foilà que ça vlampe partout.

— Vivat! cria le maréchal-ferrant, en faisant voltiger son bonnet, le vieux grippe-sous d'Etrechy en sera pour sa cassine! ça lui apprendra à chasser ses locataires.

— Filons, reprit le Parisien, et veillons surtout à ce que notre gibier ne sorte pas du gîte.

— Nous resterons nous chauffer les mains en dehors.

— C'est ça; au revoir, Rageur.

— Cuis dans ton jus, mon fieux, et que ça te brofite.

Marc ne répondit rien; car depuis un instant, il essayait de forcer le volet de la fenêtre donnant sur le courtil, mais toutes ses tentatives furent inutiles.

Il revenait vers l'entrée pour parlementer de nouveau, lorsqu'il entendit la porte de la forge se refermer bruyamment, et les voix des quatre compagnons se perdre au dehors.

La flamme commençait à pétiller autour de lui; une fumée épaisse l'entourait, un air brûlant l'empêchait de respirer. Muré dans l'incendie, il était condamné à y périr!

Cette conviction le jeta dans un désespoir

furieux. Il se mit à parcourir la pièce, où il
était enfermé, avec des cris de rage et en cherchant à tâtons une issue. Les flammes ne tar-
dèrent pas à lui en ouvrir une. La cloison qui
le séparait de la forge s'abattit à ses pieds. Il
voulut en franchir les débris ; mais, de l'autre
côté, tout était en feu. Il fut obligé de reculer
jusqu'à la fenêtre.

L'incendie, activé par le vent, achevait de
tout envahir. Les charpentes, embrasées les
premières, croulaient avec le chaume, qui s'é-
parpillait en pluie de feu ; les murs mêmes,
calcinés par la flamme, fléchissaient en mugis-
sant, et semaient, dans le brasier, leur pierres
noircies.

Cependant Marc, haletant et aveuglé, continuait à courir au milieu de ces débris fumants
en appelant du secours et en cherchant une
issue. Enfin, il croit distinguer, au milieu de
la fumée, un endroit où les poutres abattues

ont entraîné une partie du mur ; il y court, il franchit les ruines fumantes, il atteint le sommet de la brèche ! Déjà l'air frais du dehors le frappe au visage ; encore un effort et il est sauvé !...

Mais, tout-à-coup, la pierre qui le soutenait se détache ; ses mains glissent sur le mur brûlant, il pousse un cri et retombe enseveli sous les décombres !

VII

Trois Amis du grand monde.

Environ une heure avant les événements racontés dans le chapitre précédent, trois cavaliers venant de Maillecour, se dirigeaient vers la grande route d'Orléans, en suivant un de ces chemins de traverse, larges et ombragés, qui forment autour de Paris comme un réseau d'avenues dont on aurait supprimé les châteaux.

Il suffisait d'un coup-d'œil pour reconnaître que tous trois appartenaient à cette aristocratie que l'on est convenu d'appeler le monde élégant, mélange d'oisifs et d'enrichis qui *donnent le ton* à la nation, à peu près comme ces chefs d'orchestre de province dont le *la* est toujours faux.

Les trois cavaliers dont nous parlons occupaient, du reste, des places différentes dans cette société fashionable. Arthur de Luxeuil représentait la classe extravagante dont l'existence entière se perd en folies de convention et en futilités bruyantes ; Marcel de Gausson, la portion d'élite qui ne livre à la mode que les surfaces de la vie ; Aristide Marquier, enfin, cette fraction des *lions* imitateurs, qui, à tous les vices décalqués sur les autres, ajoutent le ridicule de leur propre fond.

Le costume de chasseurs qu'ils portaient tous trois révélait, pour ainsi dire, ces natures différentes. Celui d'Arthur de Luxeuil, *composé* d'après les dernières prescriptions de la mode, comprenait tous ces perfectionnements compliqués et bizarres empruntés au *sport* anglais ; chaque pièce de son équipement avait une forme inusitée qui annonçait, au premier aspect, le brevet d'invention.

Celui de Marcel de Gausson, au contraire, était si simple, que l'œil s'y arrêtait sans être frappé d'aucun détail. Il saisissait seulement l'élégance de l'ensemble qui présentait une sorte de compromis tellement adroit, que l'on pouvait y voir également, selon ce qu'on était soi-même, le sans façon du penseur, ou le distingué de la *fashion*. Marcel paraissait toujours mis comme celui qui le regardait.

Quant à Marquier, c'était un petit homme empâté et myope, que l'on reconnaissait sur-le-champ pour la contrefaçon d'Arthur de

Luxeuil. Son costume était surchargé d'une prodigieuse quantité de ganses, de houpes, de plaques, de ciselures, chatoyant ou tintant à chaque geste, qui lui donnaient un air vulgaire et triomphant impossible à décrire. Mais on devinait l'avarice sous cette prodigalité de mauvais goût. A travers ses embellissements inutiles, l'équipement révélait la fabrication fardée des bazars. Il suffisait de regarder avec quelque attention pour reconnaître que l'argent n'était qne du cuivre plaqué, l'ivoire que de l'os tourné, la peau de daim que du chien passé à la teinture, l'écaille que de la corne fondue, et la soie que du coton. Marquier ressemblait à la devanture d'une boutique à prix fixe; il n'était revêtu que de mensonges !

Sa monture répondait au reste. C'était un de ces coursiers de manège, habitués à danser sur leurs jarrets pour se donner l'air fougueux, et qui rappellent les chevaux de race comme nos acteurs de tragédie rappellent Achille et Mithridate.

Lucifer était pourtant une des gloires de Marquier ; il le prétendait de pur sang arabe , et en parlait toujours comme s'il se fût agi du cheval merveilleux que le fils de Philippe put seul maîtriser. A l'en croire, nul autre que lui n'était capable d'apprécier le superbe animal , ni de s'en faire comprendre.

Or, cette thèse favorite que les adeptes de la *fashion* se plaisaient à lui faire soutenir, par moquerie, était devenue , depuis quelques instants, le sujet d'un nouveau débat entre de Luxeuil et lui.

— Je vous maintiens, mon cher, disait le premier, que Lucifer est une rosse.

— Une rosse ! répéta Marquier scandalisé ; un cheval de mille écus !

Arthur le regarda.

— Allons, ne me dites pas de ces choses-là, à moi, mon bon, reprit-il ; Lucifer vous aura coûté... ce qu'il vaut.

— Et que vaut-il donc, à votre avis?

— Mais quelque chose comme cinq cents francs.

— Plaît-il?

— C'est trop peut-être ; mettons cent écus.

— Il est fou, dit Marquier, en se tournant vers Marcel de Gausson, avec une gaîté forcée. Ah! ah! ah! cent écus!... Ainsi, vous croyez, mon cher, que j'exagère le prix d'achat?

— Oui.

— Et dans quel intérêt?

— D'abord, pour vous donner l'air de monter un cheval de trois mille francs, ce qui est toujours honorable ; ensuite pour avoir chance de le revendre avec bénéfice, ce qui ne déshonore jamais.

—Allons, je vois qu'il n'y a moyen de vous rien cacher, dit Marquier, en continuant à rire de mauvaise grâce ; vous nous connaissez, mon cheval et moi, mieux que nous-mêmes.

— Cela vous étonne ?

— Du tout, mon bon, du tout... je passe condamnation : Lucifer est une rosse qui n'a pas plus de sang arabe que moi.

— Ah ! quant à vous, banquier, vous en avez dans toutes les veines ; je vous reconnais pour un pur sang.

— Fort bien, fort bien, Arthur, interrompit le petit homme, qui se fut fâché s'il eût osé ; mais toutes vos plaisanteries n'empêcheront pas Lucifer d'avoir de la race ; demandez plutôt l'avis de M. de Gausson.

— Je me connais fort peu en chevaux, répondit celui-ci, qui désirait évidemment ne point se mêler au débat.

— Mais enfin que pensez-vous ?

— Je pense qu'il eût été prudent d'avoir des preuves de la filiation de Lucifer ; des titres répondent à tout.

— Bah ! des titres ! s'écria Marquier, à quoi bon ? les titres ne sont rien ; c'est le mérite qu'il faut consulter ; sans le mérite...

— Ah ! grâce, banquier, interrompit de Luxeuil ; vous allez nous réciter un discours du centre gauche. J'aime encore mieux vous accepter pour arabes, vous et votre cheval, d'autant plus que voici la nuit, et que nous ferons bien de presser le pas.

— En effet, dit Marcel, M. Arthur doit avoir hâte de revoir la comtesse, qui est sans doute maintenant à Bagatelle.

— Tiens, je l'avais oublié, s'écria le banquier ; c'est aujourd'hui que madame de Luxeuil arrive de Tours... avec votre cousine, mon bon !

Arthur fit une réponse affirmative, en effleurant son cheval de l'éperon.

—Eh bien ! cette idée-là vous fait aller au trot? continua Marquier en riant; prenez garde, prenez garde ! il n'y a rien de dangereux comme ces pensionnaires qui sortent du couvent.

— Pourquoi dangereuses ?

— Pourquoi? Ah ! ah ! ah ! la question est excellente !... mais parce qu'on en tombe amoureux, mon cher !

Arthur regarda Marcel.

— Ce garçon devient stupide ! dit-il d'un accent de véritable compassion.

— Je maintiens mon dire, s'écria Marquier avec feu; je soutiens que les cousines sont des séductrices à domicile. A force de les voir, de les trouver près de soi à toute heure et en toute occasion, on finit par avoir des idées... Ça m'est arrivé à moi !

— D'avoir des idées? répéta Arthur, vous
vous vantez, Marquier.

— Parole d'honneur ! j'ai failli devenir
amoureux d'une parente, dans mon dernier
voyage en Bourgogne; aussi, je vous le répète, mon cher, défiez-vous !

— Je me défierai, Marquier.

— Non, vous plaisantez ; mais j'ai de l'observation, moi, voyez-vous ! Quand on fait
pour plusieurs millions d'affaires, on doit
connaître le cœur humain. Aussi, l'arrivée
de votre cousine est un événement qui m'in-
quiéterait si j'étais à la place de Clotilde.

Arthur se contenta de lever les épaules;
mais Marcel ne put se défendre d'un mouvement d'impatience; il se tourna vers le banquier.

— Je ne comprends pas ce qu'il peut y
avoir de commun entre mademoiselle Clo-

tilde et la nièce de madame de Luxeuil, fit-il observer froidement.

— Ce qu'il y a de commun ? répéta Marquier, d'un air mauvais sujet, et pardieu ! c'est Arthur. L'une est sa cousine, l'autre sa maîtresse...

— Et il ne vous semble pas, Monsieur, qu'il y ait de différence entre ces deux titres ? interrompit Marcel plus sèchement.

— Certainement, balbutia le banquier un peu déconcerté, il y a une différence...

— Capitale, mon cher, dit Arthur, qui avait jusqu'alors écouté tranquillement, car une maîtresse vous amuse en passant, tandis qu'une cousine vous ennuie à perpétuité... Mais voyez donc, ajouta-t-il, en retenant tout-à-coup son cheval, n'apercevez-vous point une lueur là-bas, au bout du chemin.

— C'est un incendie ! s'écria Marquier,

dont le regard venait également de s'arrêter
sur le point désigné.

— Oui, reprit Marcel, qui se tenait penché
sur l'arçon pour mieux voir; vite, messieurs,
nous pourrons peut-être porter quelque secours.

Les trois cavaliers mirent leurs chevaux
au galop et arrivèrent, en quelques intants,
devant *la Forge-des-Buttes*.

— Ah! c'est la mâsure du maréchal, dit
Arthur qui s'y était précédemment arrêté.

— Une baraque qui ne vaut pas trente
louis, ajouta Marquier avec dédain; c'était
bien la peine d'échauffer nos chevaux.

— Il est étrange que tout soit fermé, fit
observer de Gausson en s'approchant. La
forge serait-elle abandonnée?

— Non, car hier encore je l'ai vue ouverte.
Ce feu n'a pu, d'ailleurs, s'allumer seul; regardez donc à cette fenêtre grillée.

Marcel voulut avancer la tête vers l'ouverture qu'on lui désignait : mais un tourbillon de fumée et d'étincelles le força à reculer.

Presque au même instant une plainte sourde arriva jusqu'à lui.

— Avez-vous entendu ? s'écria-t-il.

— Cela ressemble à un gémissement, fit observer Arthur.

— Ecoutez !

Ils penchèrent l'oreille, et une nouvelle plainte retentit.

— Il y a quelqu'un dans la forge, dit de Gausson, en descendant précipitamment de cheval et courant à la porte qu'il essaya d'ouvrir.

Mais la porte était solidement fermée. Il appela ses compagnons à son aide ; le banquier s'excusa en affirmant que Lucifer était trop ombrageux pour qu'il put ainsi le quitter.

— Sans compter qu'il faudrait vous remettre en selle; objecta Arthur, ce qui est toujours pour vous une opération périlleuse et incertaine.

— Par exemple, s'écria Marquier, moi qui ai deux ans de manège! savez-vous que Ducrou m'a donné des leçons?

— Il eût mieux fait de vous donner des jambes, mon bon; ce sont les jambes qui vous manquent; on ne peut pas monter à cheval avec des nageoires; mais tenez donc Atala, je vois là-bas de Gausson, qui s'éreinte.

Il jeta la bride de sa jument à Marquier et rejoignit Marcel qu'il trouva occupé à forcer l'entrée de la forge.

— Dieu me damne, mon cher, vous me faites là l'effet d'un Samson enlevant les portes de Gaza, s'écria-t-il en riant.

— J'entends toujours gémir, interrompit de Gausson, au nom de Dieu! aidez-moi.

— Bien volontiers, mais il faudrait quelque chose pour soulever la porte.

— Un fusil.

— Arthur courut à Marquier et détacha l'arme suspendue à la selle de son cheval.

— Que voulez-vous, qu'y a-t-il ? demanda le banquier effrayé.

De Luxeuil ne prit point le temps de lui répondre, et, courant à la forge, il passa le canon du fusil entre le seuil de la porte, et s'en servit comme d'un levier.

Marquier poussa une exclamation de désespoir.

— Que faites-vous, Arthur, s'écria-t-il, s'efforçant en vain de faire avancer ses deux chevaux; vous allez briser mon fusil l'une arme de mille francs!... Arthur, je ne veux pas... Arthur, vous me répondrez de ce qui arrivera...

Arthur n'écoutait point et continuait son opération. Enfin, la porte, enlevée de ses

gonds, s'abatit à l'intérieur. Marcel pénétra
dans la forge, arriva jusqu'à l'amas de décombres, sous lequel Marc gisait à demi enseveli, le dégagea avec peine et le porta sur
la route.

Le grand air ne tarda pas à dissiper l'espèce
de suffocation que la chaleur avait causée au
paysan; il rouvrit les yeux et regarda autour
de lui, comme s'il eut voulu se reconnaître.

— Allons il en sera quitte pour quelques
brûlures, dit de Luxeuil; le voilà qui reprend
connaissance.

— N'êtes-vous point blessé? demanda de
Gausson, qui se tenait un genou en terre et
penché sur Marc avec sollicitude.

— Blessé? répéta celui-ci, en essayant ma-
chinalement à mouvoir ses membres; je ne
sais... je souffre un peu... mais il me semble... non, je ne suis pas blessé !

Il avait fait un effort et s'était redressé à moitié.

— Pardieu ! nous sommes arrivés à temps, reprit Arthur ; mais comment diable vous trouviez-vous dans cette barraque, l'ami ?

— On m'y avait enfermé, Monsieur, avant d'y mettre le feu.

— Ah bah ! mais alors c'était un guet-apens ?

— Qui eut réussi sans votre arrivée ; car j'étais déjà évanoui... et, maintenant encore, tout semble tournoyer devant moi...

Il parlait d'une voix entrecoupée et sa tête vacillait. Marcel demanda à Luxeuil s'il n'avait point sa gourde de chasse.

— Elle est vide, répondit Arthur, mais celle du banquier doit être pleine, car il ne la porte qu'en guise d'ornement... Eh ! ici, Marquier, arrivez vite, mon bon, on a besoin de vous.

Mais le banquier, qui venait de descendre
de cheval, était occupé à regarder son fusil,
dont le canon ployé, en soulevant la porte,
formait une espèce d'arc irrégulier.

— J'en étais sûr, répétait-il d'un air de
consternation tragique ; une arme de luxe qui
ne m'avait point encore servi ; voyez, mon
cher, voyez ce que vous avez fait.

— Eh bien ! quoi ? demanda de Luxeuil en
s'approchant, votre mousquet est un peu
tordu ? c'est preuve qu'il ne valait rien. Vous
n'en tuerez pas moins de gibier, allez. Avez-
vous quelque chose dans votre gourde ?

— C'est une arme perdue ! continua Marquier dont les yeux ne pouvaient se détacher
du malencontreux fusil ; qu'en faire maintenant ?

— Vous pourrez l'arranger en arquebuse,
repliqua philosophiquement de Luxeuil.

Le banquier fit un geste d'impatience.

— Je ne plaisante pas, moi, s'écria-t-il ai-
grement, chacun tient à ce qui lui appartient,
un fusil est un capital et sa jouissance peut-
être considérée comme l'intérêt; mais quand
on perd à la fois les intérêts et le capital...

— Au diable! interrompit Arthur, ne va-t-il
pas nous parler finance maintenant! prenez
mon fusil, mon cher, et qu'il n'en soit plus
question.

La figure de Marquier s'épanouit subitement.

— Quoi! en vérité, s'écria-t-il, vous con-
sentez à un échange?....

— Je consens à tout ce qui vous plaira,
pourvu que j'aie votre gourde pour ce pauvre
diable dont on a voulu faire un *auto-da-fé*.

— Voilà, mon cher, voilà! dit Marquier en
ramenant par devant le petit flacon enveloppé
de cuir tressé qu'il portait en bandouillère, je
vais lui donner moi-même....

Il s'avança vers Marc, dont la défaillance continuait, et se pencha pour approcher la gourde de ses lèvres ; mais tout-à-coup il changea de couleur et resta immobile, la main étendue.

— Eh bien ! qu'avez-vous donc ? demanda Arthur étonné.

— Rien, balbutia Marquier, dont les gros yeux grands ouverts continuaient à contempler Marc avec effarement, c'est que j'ai cru... c'est qu'il me semble...

— Quoi donc ? Vous connaissez cet homme ?

— Du tout, du tout !.. Mais pardon, voici la gourde, mon cher... J'ai peur que Lucifer ne s'échappe.

Et tournant brusquement les talons, il alla reprendre les brides des chevaux, qui s'étaient éloignés de quelques pas, en flairant l'herbe rare qui garnissait les fossés.

Marcel fit avaler à Marc une gorgée de Ma-

dère qui parut le ranimer; il déclara au jeune
homme qu'il se trouvait mieux, et le remercia
avec effusion. De Gausson l'interrompit pour
savoir où il se rendait.

— A Corbeil, répondit le paysan.

— C'est une longue route, reprit Marcel;
vous ne pourrez la faire seul et à pied, surtout
à cette heure.

— J'en ai peur, dit Marc, qui étendit ses
membres brûlés et endoloris.

— Il faudrait qu'il tâchât de gagner le prochain village, fit observer Arthur.

— Je vous proposerai plutôt de le conduire
à Bagatelle, où il pourra être secouru et passer
la nuit, dit Marcel.

— Bien volontiers, s'il est en état de nous
suivre.

— Je le prendrai en croupe.

— Vous?

— Pourquoi pas!

— A cheval avec ce paysan ! Ah ! ah ! ah !
ce sera un groupe digne de Charlet.

— Je ne comprends pas ce qu'il aura de ridicule....

— Comment ! mais songez donc, mon cher,
que vous aurez l'air de la civilisation galopant
avec la barbarie ! Puis, vous savez parfaite-
ment qu'on ne prend personne en croupe ; ça
ne se fait pas. Si nos amis du boulevart de
Gand l'apprenaient, vous seriez déshonoré !

— Il faut me laisser, Monsieur, dit Marc à
de Gausson ; j'espère pouvoir arriver seul aux
maisons les plus voisines....

— Vous croyez-vous capable de monter à
cheval ? demanda le jeune homme, sans prendre garde aux rires d'Arthur.

— Je le crois, Monsieur, répondit Marc,
mais je puis aussi marcher...

— Voyons, appuyez-vous sur moi.... nos
chevaux sont là, à quelques pas.

— Non, Monsieur, non, je ne veux pas accepter...

— Venez, vous dis-je, nous trouverons justement à Bagatelle le médecin de madame de Luxeuil.

Marc leva brusquement la tête.

— Quoi ! s'écria-t-il, c'est chez madame de Luxeuil ?...

— La connaissez-vous, l'ami ? demanda Arthur.

— Pour avoir entendu son nom seulement, répondit le paysan dont la résistance parut céder tout à coup. Mais puisque monsieur veut bien me prendre.... je ne ferai pas l'impolitesse de refuser, et je suis à ses ordres.

De Gausson monta à cheval, aida le paysan à se mettre en croupe, au grand amusement d'Arthur, et tous trois continuèrent leur route vers Bagatelle.

VIII

La villa de madame de Luxeuil.

La villa de la comtesse se trouvait située sur l'un des petits versants qui côtoient la Bièvre. C'était moins une maison de campagne qu'un de ces pied-à-terre champêtres où la noblesse de nos jours va étudier la nature, comme celle du dix-huitième siècle allait, dans ses petites maisons, étudier l'amour. Tout y avait été disposé pour la jouissance immédiate

et passagère. Rien de naturel ni de durable.
On n'y voyait qu'arbres à sèves hâtées et que
plantes de serre transportées là pour y briller
quelques jours et mourir. Le parterre fleuris-
sait tous les ans sur un ordre écrit de la comtesse, et le jardinier déployait sa verdure
quand il voyait tendre les rideaux.

Il en résultait je ne sais quelle abondance
artificielle et quelle fraîcheur exagérée qui
donnait au parc de madame de Luxeuil l'apparence d'une décoration d'opéra. A force
d'être entassées, les fleurs cessaient d'être
vraisemblables et faisaient croire à des imi-
tations de gaze peinte, tandis que leurs sen-
teurs trop multipliées vous rappelait, malgré
vous, la boutique du parfumeur. Les pelouses
veloutées, unies et tondues aux ciseaux, semblaient autant de tapis d'Aubusson. On eût en
vain cherché dans ces quatre arpents une fleu-
rette des champs, une ronce déchirant le

feuillage, une touffe d'oseille sauvage cou-
ronnée de ses graines roses, une églantine
mêlée au chèvrefeuille des bois. A Bagatelle,
l'homme avait eu honte des œuvres de Dieu et
les avait remplacées par les siennes. Là chaque arbre était une conquête de l'art, chaque
fleur portait un nom célèbre; le moindre brin
d'herbe venait d'Amérique ou d'Asie, avec
de notables perfectionnements : c'était une
création revue et corrigée qui l'emportait autant sur l'autre qu'une de nos charmantes pensionnaires corsetées, gantées, coiffées, chaus-
sées, l'emporte sur la jeune Indienne sortant
des eaux du Gange, sans autre ornement que
sa beauté.

Du reste, Bagatelle était précisément l'habitation qu'il fallait à la comtesse; elle y passait au plus six semaines, employées à recevoir des visites ou à en rendre; puis elle re-
gagnait Paris, dont elle ne s'était absentée que

pour faire comme tout le monde. L'Eden arrangé autour de la maison séchait alors sur pied, et tout restait dépouillé jusqu'à la saison suivante, où le parc était remeublé de verdure et de fleurs.

Outre cette villa, madame de Luxeuil avait eu, autrefois une terre en Bourgogne ; mais ses dépenses excessives et le peu d'ordre apporté à l'administration de ses biens l'avaient obligée de s'en défaire après la mort du comte. Cette vente n'avait cependant pu rétablir ses affaires, qui se trouvaient alors plus embarrassées que jamais ; mais, grâce à la position qu'elle occupait dans le monde elle pouvait persister dans ses habitudes, en empiétant chaque année sur les années suivantes, et en creusant un abîme qu'elle ne mesurait plus, parce qu'elle avait cessé d'en voir le fond. Arthur, de son côté, aggravait cette situation par des désordres ruineux qui devenaient, entre lui et sa mère, le motif d'incessantes querelles. Prodigue pour sa satisfaction privée, mais avare pour celle de l'autre, chacun d'eux était toujours armé de reproches, de menaces, de récriminations, suivis de longues froideurs, que l'intérêt seul pouvait dissiper ou suspendre.

Cependant, pour le moment, la comtesse et Arthur se supportaient et paraissaient à peu près d'accord.

Tous deux montrèrent un égal empressement à l'égard d'Honorine. Madame de Luxeuil avait été pleine de prévenances pendant toute la route; Arthur, qui arriva à Bagatelle une heure après sa mère, ne témoigna pas moins d'affection à sa cousine. Il s'excusa de n'avoir pu aller à sa rencontre, s'informa de la manière dont elle avait supporté le voyage, et finit par lui présenter M. Marcel de Gausson. Quant au banquier, il les avait quittés peu

après la rencontre de Marc, en prétextant une
affaire indispensable.

De Luxeuil raconta ensuite leur aventure à
la forge des Buttes, et Honorine n'eut point
de peine à reconnaître dans le paysan qu'ils
venaient de sauver, l'homme précédemment
rencontré par elle-même. Elle s'informa avec
anxiété de son état, et, malgré les assurances
de son cousin, elle allait demander à le voir,
lorsque le docteur Darcy entra en affirmant
que le blessé n'avait besoin que de repos.

Le reste de la soirée se passa à faire connaissance. La comtesse et Honorine éprouvaient cette espèce de surexcitation que donne
le voyage et qui dispose à la causerie. La jeune
fille surtout sentait comme un besoin d'expansion qui l'emportait malgré elle. L'espèce
d'enivrement que causent les premiers changements de lieux, la nouveauté de ce qui l'entourait, la tendresse de l'accueil qu'elle re-

cevait, tout lui avait ouvert le cœur. Après deux heures passées dans cette nouvelle famille qu'elle adoptait déjà avec tout l'élan d'une âme veuve d'affections, elle se laissa conduire par sa tante dans l'appartement qui lui était destiné.

—Voici votre domaine, chère belle, dit madame de Luxeuil, en lui montrant trois pièces et un cabinet de toilette du meilleur goût, si vous trouvez cela trop petit, on pourra ajouter la bibliothèque.

Honorine se récria en déclarant qu'elle trouvait l'appartement beaucoup trop grand et trop beau.

— D'abord sachez que rien n'est trop beau, ni trop grand pour vous, chère enfant, reprit la comtesse, puis vous vous apercevrez bientôt que je ne vous donne rien qui ne soit indispensable. Une chambre à coucher, un boudoir, un petit salon de musique; on ne sau-

rait se passer de moins. Justine ; qui couche
là, derrière, sera à votre disposition et n'obéira
désormais qu'à vous. Quant à vos habitudes ,
vous les règlerez à votre fantaisie ; l'équipage
sera toujours à votre disposition ; tous les gens
de la maison ont ordre de vous obéir comme
à moi-même ; je veux enfin que vous soyez
complètement libre et maîtresse.

Honorine, attendrie de tant de bontés, ne
put répondre que par quelques mots balbutiés,
en portant à ses lèvres la main de la comtesse:
celle-ci la baisa au front.

— Ne me remerciez pas, reprit-elle amica-
lement et, surtout, usez largement du droit
que je vous donne ; mon seul désir est de vous
voir heureuse et de pouvoir remplacer, en
partie, votre mère !...

Elle s'arrêta comme si ce souvenir l'eût
émue, détourna la tête et parut dérober à sa
nièce une larme, puis faisant un effort :

— Allons, continua-t-elle, voilà que ces idées me reviennent encore... Malgré moi, tout m'y ramène !... je l'ai tant aimée, cette chère sœur... Vous verrez chez moi mille objets qui lui ont servi et que je conserve comme des reliques saintes !... Mais j'ai tort de vous dire cela maintenant, je vous afflige ! pardonnez-moi, Honorine, et soyez plus raisonnable que je ne le suis.

Elle essuya les larmes qui coulaient sur les joues de la jeune fille, lui recommanda de bien dormir et la laissa avec Justine.

Tout en aidant sa nouvelle maîtresse à se déshabiller, celle-ci s'efforça de la distraire de son émotion par des prévenances adroites, des éloges contenus et Honorine, que son séjour au couvent avait mal préparée à la défiance, se laissa aller insensiblement à lui exprimer sa reconnaissance pour l'accueil reçu à Bagatelle. Justine confirma ses dispositions

favorables par une apologie passionnée de la
comtesse et de M. Arthur. Celui-ci n'était pas
seulement le plus brillant cavalier du faubourg Saint-Germain, nul cœur n'était plus
franc, plus dévoué, plus ouvert. Tout cela
était dit avec une volubilité qui eût pu faire
croire à une leçon apprise; mais inexpéri-
mentée et prévenue, l'orpheline n'y trouva
que la preuve d'un dévouement excessif peut-
être, mais qui n'en honorait pas moins les
maîtres capables de l'inspirer.

Quand la femme de chambre eut épuisé
toutes les formes de louanges, elle finit cependant par s'arrêter et se laissa congédier.

Honorine, restée seule, ne songea point
à se coucher. Le trouble qu'excitait en
elle un changement de position si complet,
avait éloigné le sommeil; elle sentait le besoin de regarder de plus près sa nouvelle vie,
de mieux comprendre le rôle qui lui était

assigné; d'étudier enfin, à l'entrée, ce monde inconnu qui venait de s'ouvrir devant ses pas.

Elle alla s'accouder à la fenêtre, qui était demeurée ouverte, et tomba dans une sérieuse méditation.

La nuit était calme et étoilée; une lumineuse vapeur, glissant sur les arbres, formait de loin en loin, sous leurs ombrages, de vagues clairières. Le vent qui frissonnait dans les feuilles imitait le bruit d'une source, et les mille fleurs du parterre envoyaient au balcon leurs arômes enivrants.

Insensiblement arrachée à ses réflexions par ces parfums, ces murmures et ces lueurs, Honorine regarda à ses pieds et ne tarda pas à éprouver l'influence fascinante de ce qui l'entourait. Une sorte de langueur heureuse coula dans ses veines, et le bien-être de ses sens vint s'ajouter au bien-être de son âme. Le bonheur dont elle avait joui jusqu'alors était

revêtu d'une uniformité qui le rendait pour
ainsi dire insensible; on le respirait comme
l'air, sans s'en apercevoir. Celui qu'elle
éprouvait maintenant contenait, au contraire,
je ne sais quelle saveur de nouveauté qui lui
donnait quelque chose d'enivrant. Jamais,
auparavant, sa joie n'avait eu cette vivacité
turbulente et imprévue. Elle était alternative-
ment prise d'élans d'allégresse qu'elle eût voulu
exprimer par des chants ou des cris, et d'at-
tendrissements qui remplissaient ses yeux de
larmes. Elle remerciait Dieu tout bas de lui
avoir réservé pour son abandon de nouveaux
protecteurs; elle bénissait dans son cœur la
famille qui la recevait si tendrement, et in-
ventait mille moyens impossibles de lui prouver sa reconnaissance.

Dans sa première préoccupation, elle avait
à peine pris garde à l'appartement qui lui était
destiné; mais, une fois sortie de sa rêverie,

elle regarda autour d'elle avec curiosité.

La chambre où elle se trouvait alors, diffé-
rait tellement de sa riante mais modeste cel-
lule du sacré-cœur qu'elle en fut éblouie. Le
lit, de palissandre incrusté, était recouvert
d'une courte-pointe en vieille guipure de Flan-
dres doublée de satin d'un bleu tendre. Les
rideaux, de même étoffe et de même couleur,
se réunissaient dans un anneau d'ivoire ou-
vré, et retombaient à larges plis jusqu'au par-
quet caché par une natte indienne. Le reste
du meuble, en palissandre et en drap de soie,
n'avait pour ornement qu'une passementerie
plus pâle, mais d'un travail charmant.

Après avoir admiré d'un coup-d'œil cet ensemble à la fois simple et splendide, Honorine
passa dans la pièce voisine, disposée pour salon de travail. Un magnifique piano de Petzold
occupait un des côtés ; il était encadré par
deux bibliothèques de citronniers garnies de

livres ou de partitions. De l'autre côté avait été
dressé un chevalet de cèdre et une table à pein-
dre de laque rouge. Enfin, près de la fenêtre,
une chiffonnière entr'ouverte laissant voir,
dans ses compartiments, une collection de soies
et de laines variées. Une causeuse et quelques
siéges de bambous complétaient l'ameublement.

Mais ce fut surtout en entrant dans le boudoir que la jeune fille demeura frappée d'admiration. Là, toutes les recherches du luxe et
tous les caprices de la coquetterie avaient été
épuisés. Les murs étaient garnis d'une étoffe
de soie à fond rose retenue par des griffes do-
rées et interrompue de loin en loin, par d'immenses glaces qui prenaient toute la hauteur
de la pièce. Celle-ci était meublée de divans
à franges, de dressoirs en ébène sculpté, et de
guéridons de vieux Sèvres. A chaque coin s'é-
levaient des jardinières de marbre garnies de

camélias, encore nouveaux à cette époque, et,
un peu plus loin, des consoles de bronze ciselé
étaient surchargées de tous ces riens précieux
que l'art du monde entier fournit à la curiosité oisive de nos privilégiés. Un store chinois,
à moitié soulevé, laissait pénétrer dans la pièce
une molle lueur qui glissait à travers ces soies,
cet or, ces bronzes, ces fleurs, et leur donnait
une fantastique splendeur.

Honorine resta un instant sur le seuil
comme éblouie ; puis, s'enhardissant peu à
peu, elle entra dans le boudoir et se mit à le
parcourir lentement en examinant chaque détail. A la surprise succéda bientôt l'admiration,
à l'admiration la joie. Tout cela était à elle et
pour elle !... Outre le plaisir de la possession,
elle trouvait là une nouvelle preuve de la sollicitude de la comtesse. C'était pour lui plaire
que celle-ci avait réuni dans son appartement
toutes les merveilles du luxe, et l'excès même

de ce luxe prouvait l'excès de la bienveillance. Aussi, ce qui frappait les yeux de la jeune fille avait-il moins de prix par sa beauté que par l'intention qui avait présidé à cet arrangement. C'était là ce qui devait lui rendre cette opulence expressive et précieuse.

Elle le comprit vivement et profondément. Chaque admiration nouvelle se traduisait immédiatement, dans son cœur, par une sorte de contre-coup, en élan de reconnaissance pour madame de Luxeuil. Enfin, après avoir parcouru ce que cette dernière avait appelé *son domaine*, après avoir éprouvé tous les enchantements d'enfant, et tous les orgueils de jeune fille que pouvait faire naître un pareil examen, elle se décida à se coucher, et s'endormit ivre de sa joyeuse confiance.

IX

Le vieux portrait.

Lorsque Honorine rouvrit les yeux le len-
demain, le jour brillait dans tout son éclat, et
les oiseaux qui chantaient sur son balcon,
semblaient célébrer sa bienvenue à Bagatelle;
ce gai réveil lui rendit tout son bonheur de la
veille.

Justine, qui entra presque au même instant,
lui apprit que sa tante et son cousin s'étaient

déjà informés de ses nouvelles. Elle se hâta de s'habiller pour répondre à leur empressement, et envoya demander à les voir ; mais, après une assez longue absence, la femme de chambre revint lui dire, avec embarras, que M. Arthur était sorti, et que Madame de Luxeuil n'était point encore levée.

Un peu surprise et désappointée, Honorine se préparait à descendre au jardin, lorsqu'elle se rappela le blessé ramené la veille par M. de Gausson, elle s'informa de lui à Justine et apprit qu'il était levé et aurait déjà quitté Bagatelle, s'il n'eût voulu remercier la comtesse de son hospitalité.

La rencontre de cet homme à la *Forge-des-Buttes*, avait laissé à la jeune fille un souvenir assez vif pour qu'elle désirât le revoir avant son départ. Il pouvait, d'ailleurs, avoir besoin de secours ou de protection, et elle se sentait trop heureuse pour ne pas être dispo-

sée à protéger et secourir. Elle se fit donc dé-
signer la chambre occupée par le paysan et
s'y rendit.

Cette chambre était située au second étage,
dans une partie de la maison uniquement con-
sacrée aux gens de service; pour y arriver il
fallait traverser une grande pièce délaissée
qui servait de garde-meuble. Là se trouvaient
entassés des canapés réformés, des couchet-
tes sans emploi, d'anciens tapis et des piles de
vaisselle écornée. A l'extrémité, dans l'endroit le plus apparent, avaient été accrochés
plusieurs vieux portraits à encadrements dé-
modés, parmi lesquels se remarquait une toile
plus moderne et plus grande.

Au moment où Honorine entra, le paysan
était arrêté devant cette dernière peinture, et
la contemplait avec une attention si profonde,
qu'il n'entendit point la porte s'ouvrir. Il se
tenait devant le tableau, debout, les deux

mains jointes et la tête légèrement rejetée en
arrière, dans une attitude qui exprimait à la
fois la douleur et le respect. La jeune fille,
surprise, s'avança vers lui ; mais, au bruit de
ses pas, Marc détourna la tête et laissa voir
son visage couvert de larmes.

— Que faites-vous là ! qu'avez-vous ? s'é-
cria Honorine saisie.

Le paysan continuait à la regarder avec une
expression indéfinissable et sans pouvoir répondre ; enfin, courant à elle, il la saisit par la
main et la conduisit devant le tableau.

Il représentait une femme peinte en pied,
dans le costume de la fin de l'Empire. Sa robe
de velours à courte taille et lamée d'or était
retenue aux épaules par des agrafes de bril-
lants ; une ceinture de perles fines entourait
sa taille, et un peigne à galerie de diamants
réunissait sur le sommet de la tête des flots
de cheveux noirs.

Honorine reconnut au premier coup-d'œil les traits et le costume d'une miniature qui lui avait été léguée par la supérieure de Tours; c'était le portrait de la baronne, peinte immédiatement après son mariage, dans tout l'éclat de la jeunesse et de la santé.

La jeune fille poussa un cri et recula.

— Ah! vous la reconnaissez? bégaya Marc.

— Ma mère! interrompit Honorine, en étendant involontairement les mains vers le tableau.

— Oui, reprit le paysan. Oh! c'est elle, c'est bien elle.

— Vous l'avez donc connue? s'écria la jeune fille.

— Non pas si jeune... ni si riante, reprit Marc; car ceci est un portrait du temps où elle était heureuse! mais c'est comme cela qu'elle regardait... Tout-à-l'heure, en sortant, quand mes yeux ont rencontré les siens, j'ai cru la voir elle-même, et, cependant, je ne m'attendais pas à trouver ici ce portrait....

Honorine tressaillit.

— En effet, dit-elle, il ne peut avoir été placé là qu'à l'insu de ma tante ; sans quoi, elle n'eût point souffert... Hier encore, elle me parlait de ma mère avec tant d'émotion...

Marc releva la tête.

— Ah ! elle vous en a parlé, dit-il, en souriant amèrement... et... avec émotion !... Oui, je comprends, c'est un moyen de gagner votre amitié, et la comtesse en a besoin.

— Que voulez-vous dire ?

— Rien, rien ; sinon que, du temps de la prieure, Madame de Luxeuil n'a jamais eu l'idée de s'informer si vous étiez morte ou vivante, et que, pour lui faire penser à vous,

il a fallu l'espérance de vous avoir à sa discrétion.

Honorine fut frappée de cette observation,
qui avait déjà traversé son esprit ; mais la surprise de l'entendre exprimer par le paysan
l'empêcha de s'y arrêter. Elle regarda celui-ci
avec une défiance inquiète et s'écria :

— D'où savez-vous tout cela, Monsieur, et
quel intérêt avez-vous à me le faire remarquer ?

Marc parut troublé.

—Que vous importe, répliqua-t-il brusquement, si vous pouvez trouver dans ce que je
dis un avertissement utile.

— Pour croire à un avertissement, il faut
connaître celui qui le donne, fit observer Honorine avec une certaine fermeté.

Marc se tut un instant.

—Elle a raison, murmura-t-il, comme s'il
se fût parlé à lui-même ; et cependant... il faut

qu'elle ne doute pas... qu'elle ait confiance !

Il s'arrêta et parut encore hésiter ; la jeune fille, qui le regardait, attendait anxieuse ; enfin, il lui dit lentement :

— Si je vous donne une preuve que j'ai connu votre mère qu'elle se fiait à mes paroles... que je vous suis dévoué !... promettez-vous de me croire ?

— Pourvu que la preuve soit certaine, répondit Honorine agitée.

Marc fit encore une pause.

— Lorsque la baronne mourut, il y a seize ans, reprit-il avec émotion, elle écrivit elle-même ses dernières volontés.

— Je le sais, dit la jeune fille, dont les yeux devinrent humides ; la prieure me les a fait relire bien des fois.

— Alors, vous n'avez point oublié la recommandation qui termine ce testament ?

— Non ; il y est dit : « Je laisse à ma fille

la moitié d'un anneau que j'ai longtemps porté. »

— Puis la testatrice ajoute : « Et je la recommande au souvenir de celui qui possède l'autre moitié. »

— Quoi! vous savez?

— Ce dernier don de votre mère..., vous l'avez toujours?

— Le voici! mais l'autre moitié?

Marc tendit à Honorine un fragment de bague orné d'émeraudes ; elle le rapprocha, en tremblant, de celui qu'elle conservait, et reconnut la moitié d'anneau léguée par sa mère à un protecteur inconnu!

Il y eut un moment d'indicible saisissement : la jeune fille, éperdue, regardait Marc qui, les deux bras pressés sur sa poitrine, semblait faire un effort pour comprimer quelque élan secret.

— Ah! parlez, balbutia t-elle les mains

jointes et tendues, qui êtes-vous? comment avez-vous connu ma mère?...

— Ne me demandez rien, interrompit le paysan, rappelez-vous seulement la dernière recommandation de la baronne, et ne vous étonnez point trop si elle a cru un homme comme moi capable de vous servir. Le dévoue-ment du chien peut être utile au plus riche et au plus puissant.

— Et en quoi ai-je mérité ce dévouement? comment ma mère a-t-elle pu l'espérer...

— Je n'ai rien à répondre; mais souvenez-vous de votre promesse! vous avez dit que si j'apportais une preuve certaine de la con-fiance de la baronne vous partageriez cette confiance.

— Ah! je la partage, s'écria la jeune fille, et, quoique vous disiez, j'y croirai.

Le paysan fit un geste de joie.

— Alors tout est bien, dit-il, et Dieu, j'espère, nous aidera ! Soyez prudente avec votre tante et avec votre cousin ; défiez-vous des témoignages d'affection... Je veillerai sur eux et sur vous !

— Ainsi je vous reverrai, dit vivement Honorine.

— Toutes les fois que vous aurez besoin de moi. Tâchez seulement de vous rappeler le signal d'Étienne, au couvent.

— Ah ! je ne l'ai point oublié.

— Eh bien ! quand vous l'entendrez, je serai là. Voici quelqu'un, adieu !

Il prit la main de la jeune fille, la porta à son cœur, à ses lèvres, puis, faisant un effort, il s'échappa précipitamment.

Honorine n'avait point encore eu le temps de se remettre, lorsque la femme de chambre vint la prévenir que la comtesse l'attendait.

Elle s'efforça de reprendre une apparence

I.   16

calme, et alla rejoindre cette dernière qui se trouvait au jardin avec M. le marquis de Chanteaux, le docteur Darcy et Marcel de Gausson.

La comtesse quitta vivement la compagnie en apercevant sa nièce, et s'avança vers elle les deux mains tendues.

— Eh! venez donc, chère petite, s'écria-t-elle de cette voix chantante et mignarde, adoptée par les femmes du monde lorsqu'elles veulent se montrer caressantes; nous étions tout tristes de ne pas vous voir. Je craignais que vous ne fussiez souffrante...

— Et madame la comtesse avait droit de s'inquiéter, ajouta le duc, d'un ton de galanterie surannée, car l'aurore montre habituellement plus matin son frais visage!...

— Celui de mademoiselle est fatigué, fit observer le docteur, dont l'œil était habitué à étudier la moindre altération des traits.

— Ah! mon Dieu! c'est sans doute le voyage! reprit Madame de Luxeuil; j'ai eu tort de vous faire appeler, chère belle; vous avez besoin de repos; nous allons rentrer, si vous le désirez...

Honorine assura sa tante qu'elle se trouvait bien, et la supplia de ne rien déranger pour elle; mais celle-ci insista en l'interrogeant minutieusement sur la manière dont elle avait passé la nuit, et sur ce qui pouvait lui être agréable ou salutaire.

Dans la disposition d'esprit où se trouvait la jeune fille, cette exagération de sollicitude lui causa une impatience qui l'engagea à y couper court, en demandant la permission de cueillir un bouquet.

— La permission! répéta la comtesse qui se récria; mais ne savez-vous pas que tout ce qui est ici vous appartient? Fauchez le par-

terre, ma charmante, si cela peut vous distraire.

— Oui, reprit le duc, avec le même sourire
madrigalesque, mademoiselle nous restera et
cela nous tiendra lieu de toutes les fleurs !...

Honorine courut aux massifs les plus voisins, afin de ne pas en entendre davantage.
La comtesse se tourna vers de Gausson, qui
avait jusqu'alors tout écouté en silence.

— Vous qui êtes connaisseur, montrez donc
ce que nous avons de plus beau à cette chère
enfant, dit-elle.

Marcel s'inclina et rejoignit Honorine.

— Savez-vous que votre nièce est adora-
ble ! dit, avec chaleur, M. Darcy, qui s'était
arrêté pour regarder la jeune fille s'éloigner.

— J'espère en faire une femme agréable,
répondit Madame de Luxeuil, dont l'accent
admiratif et caressant avait tout-à-coup fait
place à un ton indifférent.

— Agréable! répéta le docteur; mais regardez-la donc; elle est belle... comme le péché!...

— Vous trouvez?

— Et avec cela un esprit cultivé! Je l'ai entretenue hier soir près d'une heure, et elle m'a ravi.

— Laissez donc, docteur, vous êtes en extase devant toutes les petites filles.

— Du tout, madame la comtesse, du tout; je soutiens que votre nièce est un de ces êtres privilégiés, également favorisés par la nature et par une excellente éducation.

— Mon Dieu! elle a reçu l'éducation de tous les couvents.

M. Darcy se retourna.

— Comment! de tous les couvents, s'écria-t-il; elle a été élevée au couvent?

— Sans doute, au Sacré-Cœur de Tours.

— Vous êtes sûre?

— Quelle question, j'en arrive.

— Mais oui, au fait, je me rappelle maintenant ; elle avait été confiée à la *Générale des
béguines*. Les malheureuses ! encore une
créature qu'elles auront abrutie !

— Par exemple ! s'écria madame de Luxeuil,
en éclatant de rire, vous vantiez tout-à-l'heure
l'excellence de son éducation.

— Parce que je ne savais pas qui l'avait
faite, répliqua M. Darcy, un peu déconcerté,
vous concevez que quand on n'est pas averti,
on peut confondre les dons naturels avec les
dons acquis !

La comtesse sourit sans répondre. La monomanie du docteur était tellement connue qu'on
n'y prenait plus garde, et ses déclamations
contre le catholicisme produisaient l'effet de
ces tics nerveux qui font grimacer certains
visages, mais que l'habitude empêche de remarquer. Le marquis vint d'ailleurs s'entre-

mettre ; il réussit à passer adroitement, par
une transition mythologique, du couvent à
l'Opéra, et la discussion se transforma aussitôt
en une de ces divagations sans suite, et bro-
dées de scandale, que les gens du monde appellent une conversation.

Mais un entretien plus intime et plus important venait de s'engager, à quelques pas
de là, entre Honorine et M. de Gausson.

X

L'agneau blanc.

Obéissant à l'invitation de madame de
Luxeuil, Marcel avait d'abord indiqué à Honorine les fleurs les plus rares, en joignant
quelques explications ; mais il s'aperçut bientôt, que, tout en lui prêtant une attention po-
lie, la jeune fille cueillait de préférence les
fleurs les moins précieuses et les mieux connues. Il lui en fit la remarque avec un sourire.

— C'est que celles-ci sont de vieilles amies, répondit Honorine en souriant à son tour ; je les connais depuis mon enfance, et elles ont pour elles le souvenir, tandis que les autres n'ont que leur beauté.

— Alors je me tais, reprit de Gausson ; je me reprocherais de porter la plus légère atteinte à cette fidélité d'affection ; mais puisque vous cherchez des souvenirs, en passant de l'autre côté de cette charmille, vous trouverez une tonnelle de clématite et de rosiers du Bengale pareille à celle du Sacré-Cœur.

— Comment savez-vous cela ? demanda Honorine étonnée.

— Autant qu'il m'en souvient, reprit Marcel, on la trouvait à droite du grand préau à quelques pas d'une corbeille d'hortensias....

La jeune fille parut stupéfaite.

— Mais vous avez donc visité le jardin du couvent ! s'écria-t-elle.

— J'étais bien enfant, reprit de Gausson; cependant tout m'est encore présent. Il y avait alors au bout du jardin, une petite serre couverte de chaume.

— Elle y est encore ! s'écria Honorine, heureuse de trouver quelqu'un qui connût les lieux où elle avait été élevée.

— Plus bas on voyait des couches pour semis...

— Justement. Ah ! vous n'avez rien oublié.

— C'est que moi aussi j'ai laissé là un souvenir, dit Marcel doucement. Cette visite au Sacré-Cœur se rattache à une des sensations les plus charmantes de mon enfance.

Honorine le regarda avec une expression de curiosité timide.

— Vous aviez peut-être au couvent... quelque parente ? demanda-t-elle.

— Personne, répondit de Gausson; mais

ma mère connaissait la supérieure, et ne manquait jamais de lui rendre visite lorsqu'elle passait à Tours. A l'un de ces voyages je l'accompagnais, et elle me conduisit avec elle.

— Il y a longtemps alors?

— J'avais environ neuf ans. La prieure, après m'avoir fait beaucoup de caresses, appela une petite fille de cinq ans au plus, et nous envoya jouer tous deux dans l'enclos. La première enfance a, encore plus que la jeunesse, ces élans de sympathie instinctive qui font nouer une amitié au premier coup-d'œil. Au bout de quelques minutes la petite fille et moi nous nous aimions sans avoir encore eu le temps de nous connaître. Elle me fit visiter tout le parc en me montrant le charriot dans lequel on la traînait, la balançoire faite pour elle, le petit jardin qu'on lui cultivait, et chaque fois elle me répétait : — Tout cela sera maintenant pour nous deux ! Je tâchais de répondre à cette générosité enfantine par mes jeux et mes caresses. Je l'enlevais dans mes bras et je courais en l'emportant à travers les pelouses ; je cueillais les fleurs trop hautes pour ses mains ; j'écartais de ses pas les pierres et les ronces ; je l'appelais ma petite sœur et elle me répondait en m'appelant son frère! Notre ivrese de joie ne fut interrompue que par l'apparition de la supérieure et de ma mère.

— On venait vous chercher, peut-être? demanda Honorine visiblement intéressée par le récit de Marcel.

— Précisément, reprit-il, mais au premier mot de séparation, la petite fille me saisit dans ses deux bras, en s'écriant qu'elle voulait me garder, que j'étais son frère et que j'avais promis de ne plus la quitter. Tous les raisonnements et toutes les caresses de la prieure restèrent d'abord inutiles. Ce fut seulement

sur la promesse de mon prochain retour
qu'elle consentit à s'apaiser. Mais au moment
où nous allions la quitter, elle nous échappa
tout à coup et disparut dans le jardin.

— Et elle ne revint pas ? interrompit Honorine, dont la curiosité semblait s'accroître
à chaque instant.

— Elle revint au contraire, continua de
Gausson, mais portant en faisceau, dans ses
petits bras, les plus belles plantes de son jardin arrachées dans leur fleur et elle s'écria, en
me les présentant : — Tiens, mon frère, tu
planteras tout cela chez toi pour te rappeler
que tu as promis de revenir.

Honorine poussa un léger cri.

— Je ne pourrais dire ce que ces paroles et
cette action me firent éprouver, ajouta Marcel,
mais tout mon cœur se fondit. Je courus à la
petite fille et je me mis à l'embrasser en san-

glotant. Dans ce moment j'aurais tout sacrifié,
tout quitté pour demeurer près d'elle. Il fallut
nous séparer de force, et le soir même je
quittai Tours avec ma mère.

— Et vous n'avez jamais revu cette enfant ?
dit vivement Honorine, chez qui la fin du récit
de Marcel semblait avoir éveillé une émotion
confuse.

— Jamais , dit le jeune homme avec tristesse. Ma mère mourut quelques mois après ;
je fus envoyé au collège, et je n'entendis plus
parler du couvent de Tours. Aussi, cette rencontre a-t-elle conservé tous les caractères
d'un souvenir d'enfance. Précis et entier pour
ce qui devait me frapper alors, il est resté in-
complet et confus sur tout le reste. Je me rappelle les lieux, les paroles de la petite fille, son
costume ; mais je ne pourrais dire quels étaient
ses traits, et j'ignore son nom ; tout ce dont

je me souviens, c'est que la supérieure l'appelait l'*agneau blanc*.

Honorine laissa tomber les fleurs qu'elle avait cueillies.

— L'*agneau blanc !* s'écria-t-elle, mais c'était moi !

Marcel fit un pas en arrière.

— Quoi ! dit-il, cette enfant à cheveux blonds et en robe bleue que la prieure appelait sa fille?...

— C'était moi ! reprit Honorine ; seulement le temps a bruni la chevelure et mis un terme au vœu qui m'imposait le vêtement couleur de ciel ; mais le surnom que m'avait fait donner ma prédilection pour l'agneau représenté dans le tableau de Saint Jean, m'a été conservé jusqu'à mon départ du couvent ; vous pouvez le demander à ma tante....

— Oh ! je vous crois, je vous crois ! interrompit de Gausson, qui continuait à la regar-

der avec un mélange d'étonnement et de joie ,
oui , ce doit être vous... quoique grandie ;
changée, je n'ose dire embellie, vous pourriez
croire à une flatterie vulgaire. Ah ! cette rencontre doit être mise au nombre des bonheurs
inespérés et je devrais en remercier Dieu !

Il y avait tant de saisissement dans l'accent
du jeune homme qu'Honorine elle-même en
fut troublée : elle ne trouva à répondre que
quelques mots entrecoupés, et, pour se donner
une contenance, elle se mit à relever les fleurs
qui lui étaient échappées. Marcel la regarda
faire sans songer à l'aider. Il était tout entier
à l'émotion de cette reconnaissance inat-
tendue.

— Ainsi, ce que nous nous étions promis,
le hasard l'a fait, dit-il après un instant de silence, nous nous revoyons ! mais seuls tous
deux , et privés des protectrices que nous
avions à notre première entrevue.

— Ah ! c'est là le triste nuage placé entre le présent et tous les souvenirs, dit Honorine dont les yeux devinrent humides.

— Oui, continua de Gausson, et ce n'est point le seul changement apporté par le temps. Alors nous étions des enfants dont le cœur s'ouvrait sans contrainte, maintenant nous avons grandi et nous devons le tenir fermé. Il y a quinze ans j'étais le frère de l'*agneau blanc*, aujourd'hui je ne suis plus qu'un étranger pour mademoiselle Honorine Louis.

— Je ne puis regarder comme étrangers les amis de ma tante, fit observer la jeune fille avec embarras.

— Ah ! je ne veux pas m'appuyer de ce titre, reprit vivement de Gausson ; je suis une connaissance trop nouvelle pour oser me mettre au nombre des amis de madame de Luxeuil, et ce n'est point à elle que je puis devoir la bienveillance de sa nièce !... Non, je ne veux

faire appel qu'aux souvenirs échangés tout à
l'heure, à ces quelques heures passées dans
les jardins du couvent, à ces fleurs arrachées
que vous veniez m'offrir et dont je ne vous ai
point encore payé le sacrifice ! c'est au nom
de ce passé que je vous prie de retrouver un
peu de votre sympathie d'autrefois, de ne pas
me confondre avec la foule des admirateurs
que le monde va vous envoyer, de me recevoir
enfin comme un *candidat à votre amitié*. Je ne
demande rien de plus, et si ma prière vous
semble étrange, ne vous arrêtez ni à sa forme,
ni au lieu où je vous l'adresse, ni à l'heure
choisie ! il est des instants où l'on ne peut retenir ce que l'on sent ; croyez seulement à sa
sincérité !

— J'y crois, monsieur, dit Honorine, dont le
regard s'était arrêté avec une confiance pour
ainsi dire involontaire, sur les nobles traits du
jeune homme.

— Alors c'est assez, reprit-il d'un ton d'é-
motion contenue, quant à l'amitié que je solli-
cite, c'est à moi de la mériter.

Il s'inclina respectueusement et rejoignit
madame de Luxeuil qui rentrait avec le marquis et le docteru.

Marcel de Gausson fut fidèle à l'espèce de
programme qu'il s'était imposé à lui-même.
Bien qu'il cherchât toutes les occasions de voir
Honorine et qu'il montrât ouvertement son
attachement pour la jeune fille, ses manières
ne sortirent jamais des limites de la plus
scrupuleuse convenance; ses assiduités avaient
quelque chose de calme et de respectueux qui
ne pouvait faire naître d'autre idée que celle
d'une amitié désintéressée. Il ne flattait point
Honorine, il ne lui parlait jamais de lui-même;
il se montrait dévoué sans bruit et tendre sans
mollesse. A le voir près de l'orpheline, avec
la gravité un peu exagérée des hommes

jeunes qui ont pris la vie au sérieux, on eût
dit un de ces frères aînés dont l'affection
réunit le double caractère du père et de l'ami.
Telle était, du reste, la simplicité et la loyauté
visible de sa manière d'être vis-à-vis de la
jeune fille, que l'on parut à peine y prendre
garde ; ceux qui s'en aperçurent n'y virent
qu'une *originalité* à laquelle la conduite pré-
cédente de Marcel les avait préparés.

Ce n'était point, en effet, la première fois
qu'il sortait des habitudes reçues pour suivre
naïvement ses inclinations. Il y avait déjà
longtemps que de Gausson s'était fait, à force
de naturel, une réputation d'excentricité :
mais cette excentricité demeurait si modeste,
si inoffensive que nul ne songeait à l'attaquer,
et il y avait tant de grâce dans sa droiture
qu'on la pardonnait. Son courage et son
adresse étaient d'ailleurs connus dans le
monde d'oisifs qui l'entouraient : on savait

qu'au besoin il pouvait défendre sa loyauté
contre le sarcasme ou la calomnie, et cette assurance donnait aux malveillants une prudente
indulgence : au total, Marcel de Gausson avait
su se faire une position véritablement excep-
tionnelle ; il avait pu rester impunément sincère, pur et dévoué au milieu d'une société de
mensonge, de vice et d'égoïsme.

Honorine qui avait accepté d'abord son
amitié avec un peu de réserve, finit par s'y
abandonner en toute confiance et par y trouver
une inexprimable douceur. Elle était arrivée
à ce moment de la vie où le cœur des jeunes
filles, à peine sorti des limbes de l'adolescence,
se prépare, pour ainsi dire, à l'amour par les
exaltations de l'amitié. Celle de M. de Gausson
était suffisante pour occuper l'âme d'Honorine
sans éveiller en elle de troubles ni de remords;
elle y trouva tout ce qu'elle désirait alors.
Marcel devint son conseiller dans toutes les

incertitudes; elle l'interrogeait comme el e
eût interrogé autrefois sa mère adoptive; elle
avait besoin de son approbation pour s'ap-
prouver elle-même.

Cependant il existait un confident encore
plus vénéré, auquel elle adressait ses confes-
sions plus intimes, c'était le portrait de sa
mère !

Elle l'avait fait descendre du garde-meubles
où il était relégué et l'avait placé dans sa
chambre, vis-à-vis de son lit. Mais ne voulant
point que l'habitude détruisît la puissance de
cette douce image, elle la recouvrit d'un rideau qui la cachait tout entière. C'était seulement le soir, lorsqu'elle se retrouvait seule
et prête à se livrer au sommeil, que la jeune
fille venait demi-nue, comme une enfant qui
réclame le baiser de sa mère, s'agenouiller
devant le portrait découvert. Alors, l'œil fixé
sur ce jeune et tendre visage, elle repassait

tout bas, ses actions, ses pensées du jour en
demandant après chacune d'elles :

— Ma mère, es-tu contente?

Et sa conscience donnait à la chère image,
selon le souvenir qu'elle venait d'invoquer,
une expression d'encouragement ou de blâme!

Ainsi soutenue par une double protection,
Honorine se laissa aller sans inquiétude au
courant de sa nouvelle vie.

Les rapports journaliers avaient fini par
amortir les exagérations de tendresse de madame de Luxeuil, qui s'étaient insensiblement
transformées en une bienveillance assez indifférente; mais la liberté complète laissée à
Honorine lui suffisait. Heureuse, elle ne cher-
cha pas rigoureusement la part que sa tante
pouvait avoir dans ce bonheur, et elle lui en
tint compte comme si elle y eut contribué
autrement qu'en le permettant.

Celui qui avait éveillé ses soupçons contre

la comtesse ne lui avait d'ailleurs fait parvenir aucun nouvel avertissement. Une première fois Honorine avait cru le reconnaître, à la promenade, sous un costume de bourgeois, et une seconde fois, à la porte même de la villa, déguisé en marchand colporteur ; mais dans l'une et l'autre occasion il s'était si rapidement éclipsé que la jeune fille doutait elle-même de la réalité de ces apparitions.

Quant à la scène du portrait, elle ne se la rappelait qu'avec angoisse, comme un souvenir confus et pénible. Plus elle s'éloignait du moment où cette scène avait eu lieu, plus l'émotion qu'elle lui avait causée s'effaçait, et plus les circonstances lui en semblaient inexplicables. Il y avait même des moments où elle revenait sur ce qu'elle avait cru alors et mettait en doute les droits de Marc à sa confiance.

XI

Esquisses du grand monde.

La modification survenue dans les manières de madame de Luxeuil et la conduite d'Arthur contribuèrent encore à ôter à la jeune fille toute défiance. Son cousin surtout lui témoignait une amitié familière dont la franchise excluait évidemment toute idée de piège tendu. Il avait pris, dès le premier instant avec elle, le ton libre d'un compagnon d'enfance, et Honorine,

d'abord étonnée, avait fini par l'accepter comme
un privilége que le monde accordait, sans doute, à la parenté. Madame de Luxeuil, si scrupuleuse sur tout ce qui concernait l'*usage*,
justifiait cette familiarité en l'autorisant.
Elle permettait à Arthur de la suivre partout
et de prendre, en toute occasion, près de sa
cousine, le rôle de cavalier servant. Le jeune
homme remplissait ces fonctions avec une humeur inégale, se montrant parfois empressé,
parfois distrait. C'était, du reste, une de ces
natures qui cachent mal leur vulgarité sous
des formes d'une élégance convenue ; manants
enveloppés d'aristocratie dont la distinction est
au dehors et la grossièreté dans le cœur. Uniquement dominé par sa sensualité égoïste, vain
sans orgueil, railleur pour tout ce qui était
généreux, n'ayant ni la noble répugnance qui
fait fuir le mal, au moment de le commettre,
ni la honte qui fait qu'on le cache lorsqu'on

l'a commis, il personnifiait cette jeunesse riche, titrée, inutile, dont les facultés se cor-
rompent dans l'inaction ; espèce de cloaque humain qui attire à lui tout ce qu'il y a de faible
ou de misérable, parce qu'en remuant sa fange
on y trouve de l'or !

Quant à l'esprit, Arthur en avait, mais du
plus facile. Il tirait toute sa gaîté de la malveillance, toute sa profondeur du mépris des
hommes. Ne croyant qu'aux vices, c'était toujours en eux qu'il cherchait le moyen et la
cause, et ce procédé était chaque jour justifié
par l'expérience du milieu dans lequel il vivait. Cependant cette intelligence si bien en
garde, était facile à surprendre par un côté.
Prévoyante pour le mal, elle était prise au dé-
pourvu par le bien. Elle ne voyait plus, elle ne
comprenait plus : pour elle un cœur désintéressé était comme un vase privé d'anses ; elle

ne savait de quel côté le prendre, elle doutait
et restait étourdie.

Malheureusement Honorine n'avait ni l'occasion ni la volonté d'étudier le caractère de
son cousin, et, de tout ce que nous venons de
dire, elle n'aperçut que quelques dehors. La
plupart des vices touchent de si près à des
qualités que pour les reconnaître, il faut avoir
la volonté de les voir. Le cynisme d'Arthur,
contenu devant sa cousine, put paraître à
celle-ci du sans façon; son égoïsme trop souvent justifié, ressemblait à de l'expérience,
son ironie perpétuelle frappait tant de sottises
et de méchancetés qu'on pouvait la prendre
pour de la justice; Honorine n'avait d'ailleurs aucun intérêt à regarder de près dans
cette âme; l'occupation de sa vie était d'un
autre côté.

Tout se borna donc à une indifférence instinctive pour son cousin.

Celui-ci avait entrepris, peu de temps après l'arrivée de la jeune fille, de lui apprendre à monter à cheval, et ces leçons étaient devenues l'occasion de rapprochements plus fréquents. Honorine mettait une grande ardeur dans ces exercices, qui la retiraient momentanément de l'inaction imposée aux femmes, et lui permettaient d'essayer son audace : elle y était d'ailleurs engagée par l'exemple de plusieurs jeunes femmes, amies de la comtesse, qui venaient à Bagatelle ; car madame de Luxeuil, toujours avide des plaisirs du monde, et voulant continuer à y participer, au moins comme spectatrice, avait renoncé à la compagnie de ses contemporaines pour s'entourer de femmes à la mode qui conservaient à son salon l'éclat, la gaîté et l'entrain que communiquent à tout la beauté et la jeunesse.

Parmi ces habituées, deux surtout méritent une mention spéciale ; c'étaient madame la marquise de Biezi et madame des Brotteaux.

La première, parente éloignée de la comtesse, avait épousé un Italien fort riche, fana-
tique touriste que l'on trouvait partout excepté
chez lui. Il avait parcouru successivement les
cinq parties du monde, non pour les étudier,
ni même pour les voir, mais afin de visiter les
montagnes les moins accessibles, c'était là sa
spécialité. En 1816, il avait gravi le Mont-
Blanc; en 1818, il était parvenu au-dessus du
plateau des Cèdres, dans le Liban; en 1821,
il avait exploré le Kamberg au Cap de Bonne-
Espérance; en 1823, il était parvenu à traverser les Andes. Mais il lui restait à franchir le
Dawalagiri, élevé de huit mille cinq cent
vingt-neuf mètres au-dessus de la mer. Sans
le *Dawalagiri*, toutes les autres ascensions
étaient vaines; le *Dawalagiri* seul pouvait faire
de lui le premier grimpeur de montagnes du
monde civilisé; il balança longtemps, retenu

par la difficulté d'une pareille entreprise, et
excité par la gloire de l'accomplir ! Enfin , la
gloire l'emporta ; il partit pour le Thibet, emportant les souhaits de la marquise et une note
pour l'achat de six cachemires.

On n'avait point encore reçu de ses nouvelles
depuis son départ, mais madame Lea de Biezi
s'en consolait en se plongeant , avec une ardeur furieuse, dans le tourbillon du monde.
C'était une femme de vingt-quatre ans, grande,
élancée, et de cette beauté souveraine dont
l'art se plairait à parer Aspasie, Cléopâtre ou
Diane de Poitiers. Tout son être révélait la résolution et la vigueur, enveloppées de grâces.
Son œil était fier, sa voix timbrée, sa démar-
che ferme, son langage net et hardi. Obéissant
à sa seule fantaisie, elle ne reculait ni devant
la barrière du devoir, ni devant celle de l'u-
sage. Aussi, le docteur Darcy la comparait-il à
ces magnifiques cavales du désert que n'arrê-

tent ni les sables, ni les rochers, ni les montagnes, et qui, la crinière flottante et les na-
seaux ouverts, s'élancent partout où les appelle la brise raffraîchie par les sources ou em-
baumée par les pâturages.

Elle avait alors pour cavalier servant le
prince Dovrinski, réfugié polonais, que son
brillant courage avait rendu célèbre dans la
dernière insurrection contre la Russie. On le
trouvait partout où paraissait Léa, jaloux et
sombre, mais obéissant au moindre geste. Évidemment malheureux du lien qui le retenait,
il était sans force pour le briser. La marquise,
qui le savait, se plaisait à essayer sur lui son
pouvoir. Fantasque et curieuse, elle jouait
avec ce lion apprivoisé pour connaître jusqu'où
pouvait aller sa patience ; elle l'aiguillonnait de
soupçons, secouait sa chaîne, excitait sa colère ; puis, au premier rugissement, elle

faisait signe, et le lion se couchait à ses pieds.

Ce jeu terrible faisait trembler madame Hortense des Brotteaux, amie de la marquise, mais d'un caractère complètement opposé. Autant celle-ci avait d'activité et de commandement, autant Hortense montrait de langueur et de soumission. A voir ses riches formes, son grand œil noir et son beau visage au teint uni, que sa chevelure brune encadrait de flots épais, on eût pu croire à un caractère fort et volontaire ; mais, en y regardant mieux, on apercevait je ne sais quel nuage de mollesse qui entourait toute sa personne. Ses cheveux, si abondants n'avaient point d'attitude qui leur fût propre ; les lignes de ce visage charmant flottaient incertaines, et le regard de ses grands yeux noirs était noyé dans une expression de timidité voluptueuse. En réalité, Hortense appartenait à ces natures soumises, douées d'une sorte d'aptitude innée pour la servitude, et qui acceptent les jougs comme des points d'appui.

Rien n'eût été plus facile à M. des Brotteaux que de façonner à son gré cette volonté inconsistante et que de se faire le roi absolu de cette vie sans direction ; mais M. des Brotteaux était membre de la cour des comptes et n'avait point le loisir de veiller à une éducation pareille. En épousant Hortense, il avait entendu prendre une femme tout élevée et dont il n'aurait plus à s'occuper. Le maintien de son influence et les soins qu'exigeait son avancement politique ne lui laissaient point un seul instant pour de semblables détails.

Il abandonna donc madame des Brotteaux à ses propres inspirations, c'est à dire à celles du premier venu, et ce premier venu se trouva précisément l'homme qu'il fallait pour dominer le caractère vacillant d'Hortense.

M. de Cillart était ancien brigadier garde du

corps, et Breton, double raison pour avoir la
volonté ferme et le goût du commandement ;
aussi, devint-il bientôt le maître absolu des actions, des pensées et des sentiments de madame des Brotteaux. Celle-ci obéissait à son
impulsion, avec hésitation quelquefois, mais
toujours sans révolte. Les tyrannies de M. de
Cillart avaient même, pour elle, une sorte de
charme ; c'était une secousse qui l'arrachait,
de loin en loin, à son apathie. Grâce à lui, elle
avait, par instant, le plaisir de pleurer ou de
se mettre en demi-colère ; sans M. de Cillart,
elle eût à peine pu distinguer si elle était
morte ou vivante.

Parmi beaucoup d'autres fantaisies, l'ancien
brigadier des gardes du corps eut celle de
transformer madame des Brotteaux en ama-
zone. Depuis quelque temps il l'obligeait à
monter à cheval et à faire, avec madame de
Biezi, des espèces de courses au clocher, à

travers les bois et les bruyères. Honorine avait
été de quelques-unes de ces courses dans lesquelles elle avait essayé, tour à tour, de rivali-
ser d'audace avec la marquise et de rassurer
madame des Brotteaux. A son retour à Paris,
elle continua à leur tenir compagnie, lorsque
le soleil brillait sur Bologne et permettait à la
fashion de se donner rendez-vous dans les longues allées bordées de fagots et de restaurants,
que l'on a décorées du nom de bois.

Elle revenait d'une de ces promenades par
une belle journée d'octobre, et les chevaux,
qui avaient repris le pas, marchaient à peu de
distance l'un de l'autre, suivant la chaussée de
l'avenue de la Muette. En tête s'avançait madame de Biezi, le teint animé par l'air encore
âpre, malgré le soleil, le regard brillant, les
narines dilatées, magnifiquement belle et har-
die, sur son cheval arabe, qui frémissait d'impatience. A ses côtés marchait le prince Do-

vrinski, dont la grande tournure formait un singulier contraste avec l'expression inquiète et presque craintive de ses traits.

Un peu en arrière, et parallèlement à la calèche de madame de Luxeuil se tenait Honorine et de Gausson, de Cillart et madame des Brotteaux. Celle-ci, à peine remise du *temps de galop* auquel le brigadier des gardes du corps avait forcé son cheval, semblait encore se raffermir en selle et regarder avec effroi l'espace qu'elle venait de franchir, tandis que son tyran la raillait brusquement de sa lâcheté.

Arthur, Marquier et le docteur Darcy suivaient à quelque distance. Enfin, un peu plus loin, venaient plusieurs coureurs à cheval et l'équipage de la marquise de Biezi.

La conversation était fort variée sur les différents points de la caravane élégante. Brève et rare à la tête, plus animée autour de la calèche de madame de Luxeuil, elle devenait bruyante dans le dernier groupe de cavaliers qui se trouvaient assez loin de celle-ci pour ne point être entendus.

— Avez-vous vu comme de Cillart conduit cette pauvre madame des Brotteaux, demandait Arthur au docteur ; on dirait un capitaine instructeur avec sa recrue.

— Pardieu ! je suis fâché qu'il n'ait point affaire à la marquise, répliqua M. Darcy ; elle est superbe d'énergie, cette femme. C'est le plus bel exemple de tempérament bilio-sanguin que j'aie jamais rencontré.

— La marquise est le *Martin* de la galanterie, reprit Arthur ; elle dompte les bêtes fauves.

— Il est certain que ce pauvre prince a l'air d'un tigre apprivoisé malgré lui.

— Le dépit et la jalousie le rongent.

— Il a tellement changé depuis quelque

temps que je lui soupçonne une affection au foie.

Arthur hocha la tête d'un air profond.

— Eh bien ! voilà ce que rapporte l'amour des grandes dames, mon cher docteur, dit-il ; il faut toujours jouer près d'elles le rôle de Dovrinski ou celui du brigadier. Etre tyran ou tyrannisé, et, en tous cas, complètement pris. Une pareille liaison est une véritable profession ; vous n'avez plus à vous ni temps ni liberté. J'en ai essayé, et le jour où je suis sorti de ce bagne j'ai bien juré de n'y plus rentrer.

— Et c'est alors que vous vous êtes tourné vers le théâtre ? demanda M. Darcy en riant.

— Précisément, docteur. Là, du moins, on n'a besoin ni de soins, ni de précautions ; on fait l'amour hors la loi ! De chaque côté on conserve son indépendance ; il n'y a ni réputation à ménager, ni faux scrupules à combattre, ni convenances à respecter. On peut être sans

crainte, de bonne humeur et de mauvais ton.
Aussi, voyez-vous, docteur, je ne donnerais
pas Clotilde pour toutes nos marquises.

— Parce qu'elle vous coûte plus cher ! s'é-
cria en riant Aristide Marquier, qui venait enfin
de décider Lucifer à rejoindre nos deux inter-
locuteurs.

Arthur lui jeta un regard de côté.

— C'est là seulement ce qui frappe le banquier, dit-il, avec une hauteur dédaigneuse ;
pour lui, une femme est comme tout le reste,
une question d'argent, et il va au meilleur
marché.

— Du tout, du tout, reprit Marquier sérieusement ; vous savez, mon cher, que j'ai à cet
égard des principes !.... Je ne comprends pas
une liaison qui entraîne dans des dépenses !
La femme la plus séduisante qui accepterait
un cadeau me deviendrait insupportable. C'est

peut-être une délicatesse outrée ; mais on ne se refait pas...

— Malheureusement! fit observer de Luxeuil, en enveloppant le gros petit capitaliste d'un regard ironique.

— Enfin, continua Marquier, avec chaleur, il me faut un choix désintéressé et je veux être aimé pour moi-même.

— Voilà pourquoi personne ne l'aime! ajouta Arthur en s'adressant au docteur.

Le banquier balança la tête d'un air discret.

— Vous savez que sur ce sujet, je m'abstiens toujours de répondre, dit-il sérieusement : vous mettez votre gloire à publier vos amours, moi je la mets à les cacher. Soyez seulement certain, mon bon, que les affaires de cœur d'Aristide Marquier, ne sont pas en plus mauvais état que ses affaires de banque.

— A propos de banque, interrompit Arthur, chez qui un souvenir parut se réveiller tout à

coup; connaissez-vous un drôle nommé Clé-
ment Raimbaut et s'intitulant banquier.

— Raimbaut !... certainement ; c'est un ancien commissionnaire en rouenneries, qui s'est
associé à un ancien boucher, pour faire l'usure,
Auriez-vous quelque chose à démêler avec
lui ?

— J'en ai peur. Il m'a avancé autrefois une
somme pour laquelle je lui ai souscrit des
billets.

— Ah ! diable ! et leur échéance est arrivée.

— On les a, je crois, présentés hier : du reste,
je dois avoir des notes sur toute cette affaire,
et je serais bien aise de prendre votre avis.

— Comment donc ! je suis à vos ordres, mon
bon ; nous soupons demain ensemble chez Clotilde ; si vous voulez, j'irai vous chercher, et
nous examinerons...

— Demain, non, j'ai promis de me trouver

à la course de lord Durfort., mais si vous pou-
viez, aujourd'hui, me conduire à l'hôtel...

— Volontiers. Jusqu'à l'heure de la Bourse
je suis libre... — Mais, voyez-donc, voilà de
Cillart qui a remis cette pauvre madame des
Brotteaux au galop. Pardieu! je serais curieux
de voir la figure de la victime.

— C'est facile ; rejoignons-la.

Les deux cavaliers partirent suivis du docteur , et gagnèrent la tête de la cavalcade , de
sorte que de Gausson et Honorine se trouvèrent, à leur tour, seuls en arrière.

Sans que le jeune homme et la jeune fille y
eussent pris garde, la calèche les avait un peu
devancés, et ils marchaient de front, au petit
pas de leurs chevaux , continuant une de ces
conversations charmantes qui sont, à la fois,
des rêveries et des épanchements. C'était avec
Marcel seulement qu'Honorine trouvait l'occa-

sion de ces échanges de sentiments et de pensées qui laissent après eux un souvenir; car
lui seul avait la sérénité tendre qui intéresse
l'âme en l'élevant. Aussi, quelque brillant que
fût l'esprit de la plupart des habitués de la
comtesse, la jeune fille leur préférait la gravité
de Marcel ; les autres ne savaient que causer,
tandis que lui, il parlait !

Cependant, depuis quelque temps, sa parole
semblait moins calme et moins libre. Souvent,
au milieu même de ses élans les plus expansifs,
un nuage passait sur son front, et il tombait
dans une tristesse silencieuse et embarrassée.
Honorine, inquiète, avait alors recours à tous
les moyens pour l'y arracher. Faisant appel à
cette espèce de fraternité proposée par de
Gausson, elle le pressait de questions, elle se
montrait tour à tour mécontente, affligée; elle
lui reprochait de manquer de confiance! Le
jeune homme se débattait avec effort contre

les témoignages de cette amitié, mais sa résistance même l'exaltait chaque jour davantage.

Ainsi tous deux se trouvaient, avec des dispositions différentes, sur cette pente glissante qui conduit à l'amour, et, tandis que de Gausson résistait, malgré lui et avec peine, Honorine, ignorante du danger, l'entraînait à sa suite sans s'en apercevoir.

La promenade qu'ils venaient de faire les avait tenus séparés jusqu'au moment où ils demeurèrent tous deux isolés, derrière la calèche de madame de Luxeuil. Cependant, la conversation engagée parut d'abord étrangère à ce qui faisait le sujet ordinaire de leurs querelles. Animée par la course et heureuse de la présence de Marcel, la jeune fille admirait naïvement tout ce qui frappait son oreille ou ses yeux.

— Oui, disait-elle avec un joyeux abandon, j'aime le bruit et le mouvement qui annoncent l'approche de Paris. Ces charriots qui se pressent, ces passants qui courent, ces ouvriers qui s'appellent, tout m'intéresse et m'occupe, il me semble qu'ici les hommes vivent plus qu'ailleurs.

— Je suis comme vous, dit Marcel, mais cette vue, au lieu de me réjouir, m'attriste toujours.

— Pourquoi cela?

— Parce qu'elle me fait faire un retour involontaire sur moi-même. Je ne puis regarder l'activité de la foule sans penser que chacun de ces hommes accomplit sa tâche et remue son grain de poussière dans le monde, tandis que moi je passe oisif et inutile au milieu du travail universel. Alors je me sens pris d'une sorte de mépris pour l'existence inoccupée dans laquelle le hasard m'a jeté!

— N'en pouvez-vous donc sortir? toutes les carrières vous sont ouvertes.

— Sauf celles que m'interdit ma naissance! car chacun porte ici-bas son fardeau originel. Si le peuple reçoit pour héritage la misère et l'ignorance, la noblesse reçoit la folie et l'orgueil. N'ai-je pas ce qu'on appelle *un nom à porter*, c'est-à-dire l'obligation de ne suivre que certaines routes tracées? encore pour les parcourir faudrait-il une éducation, des habitudes qui ne m'ont point été données. Ceux qui ont fait de moi un homme ne m'ont appris que l'oisiveté; ils y ont mis leur sagesse et mon honneur. Inhabile à tout, grâce à leurs soins, je ne puis jamais prétendre à la joie d'élever pierre à pierre, comme tant d'autres, mon édifice de fortune.

Honorine regarda de Gausson avec une sorte d'étonnement inquiet.

— Mon Dieu! seriez-vous ambitieux? demanda-t-elle.

1.   19

— Ambitieux de bonheur, répondit Marcel, en souriant.

— Et pour être heureux, il vous faut cet édifice de fortune que vous regrettez?

— Oui.

— Qu'en voulez-vous donc faire?

De Gausson parut hésiter.

— Je voudrais, dit-il, après un moment de ilence, je voudrais pouvoir l'offrir à la femme que j'aurais préférée.

Ainsi ce serait pour l'enrichir?...

— Non, mais pour avoir le droit de choisir librement, de parler sans crainte; ce serait pour qu'une affection loyale ne fût pas exposée à paraître un odieux calcul; pour ne pas être obligé enfin d'échapper à la honte du soupçon en renonçant au bonheur.

— Et pourquoi y renoncer?

— Parce que je n'y ai point droit. L'homme né pour être le bienfaiteur et le soutien de la

femme ne peut, sans mentir à son devoir, devenir le soutenu et l'obligé; c'est à lui de se
faire sa place dans la vie, d'en offrir une part
à celle qu'il a choisie et de lui donner en travail, en dévouement, en courage, ce qu'elle
lui rend en charme et en amour.

Et comme il s'aperçut du mouvement qu'a-
vait fait Honorine :

— Mais, pardon! ajouta-t-il en souriant
je me laisse aller à une véritable confession,
et vous devez me trouver bien hardi.

— Hardi? non, dit la jeune fille émue.

— Bien fou, du moins?

— Non, non.

— Quoi donc alors?

— Bien orgueilleux!

Marcel garda un instant le silence.

— Peut-être, dit-il, mais ne soyez pas trop
sévère à l'orgueil, car, au milieu de toutes nos
faiblesses et de tous nos abaissements, c'est

le seul vice qui nous soutienne à l'égal de la
vertu. L'âme humaine est une place perpé-
tuellement assiégée, pour le salut de laquelle
il faut accepter tous les défenseurs, sans s'informer de leurs noms ni de leur origine.

— Ainsi, reprit Honorine, qui semblait suivre sa propre idée plus que celle du jeune
homme, votre fierté ferait taire vos préfé-
rences mêmes?... Parce que d'autres font à la
femme un mérite de sa richesse, vous lui en
feriez, vous, un titre d'exclusion; vous refu-
seriez jusqu'à son affection?

— Pourquoi m'interroger sur ce que je
ferais? reprit vivement de Gausson; qui peut
répondre de mettre toujours d'accord ses
sentiments et ses principes? A quoi bon d'ailleurs supposer une tentation impossible? Suis-
je donc de ceux qui savent réveiller ces irré-
sistibles sympathies?...

— Vous ne répondez pas ! fit observer Honorine avec une sorte d'impatience.

— Parce que je ne puis admettre votre supposition.

— Admettez-la , je le veux , et répondez.

— Répondre ? dit Marcel qui , depuis quelques instants, luttait, avec un effort évident,
contre son propre entraînement ; répondre !..
répéta-t-il en regardant Honorine , dont les
yeux continuaient à l'interroger ; eh bien !...

Il s'interrompit de nouveau.

— Eh bien ? J'attends ! insista Honorine.

— Eh bien ! dit Marcel d'une voix plus basse,
mais d'un accent profond , mes résolutions,
mes craintes, mon orgueil.. j'oublierais tout...
pour la femme.... qui vous ressemblerait !

La jeune fille tressaillit de surprise et de
saisissement. Dans sa naïve inquiétude , elle
avait voulu arracher à de Gausson une rétraction sans prévoir que cette rétraction pouvait

entraîner un aveu. Une rougeur subite couvrit ses traits ; elle regarda autour d'elle avec trouble ; mais l'intervalle qui la séparait de la calèche ne permettait point de craindre que Marcel eût été entendu. Elle tourna les yeux vers lui, voulut murmurer quelques mots, et, semblant céder tout-à-coup à je ne sais quelle confusion effrayée, elle releva la bride de son cheval et rejoignit rapidement la comtesse.

On était arrivé au rond-point des Champs-Élysées, où celle-ci prenait congé de ses compagnes de promenade. La marquise et madame des Brotteaux se dirigèrent vers le faubourg Saint-Germain, et MM. Darcy et de Gausson continuèrent le quartier du Louvre. Quant à madame de Luxeuil, elle tourna par l'avenue de Marigny pour gagner le faubourg Saint-Honoré avec sa nièce, Arthur et Marquier.

L'habitation de la comtesse, comprise dans le massif d'édifices qui sépare la rue Duras de la rue d'Anjou, avait une double façade, comme la plupart des hôtels bâtis sous Louis XV. L'une donnait sur un parterre, récemment disposé en jardin anglais, l'autre sur une cour d'entrée, fermée à droite et à gauche par les bâtiments de service.

Ce fut dans cette cour que la comtesse descendit de calèche, tandis qu'Arthur aidait Honorine à mettre pied à terre. Celle-ci s'élança légèrement dans l'escalier, sur les pas de sa tante, et de Luxeuil revenait vers Marquier, lorsqu'un homme en lunettes et vêtu de noir, qui semblait attendre à la porte de la loge, s'avança à sa rencontre.

— C'est bien à monsieur Arthur de Luxeuil que j'ai l'honneur de m'adresser, demanda-t-il le chapeau à la main, et d'un air respectueusement riant.

— Que me voulez-vous? dit Arthur sans s'arrêter.

— Pardon, reprit l'homme noir, en fouillant dans une de ses poches, si monsieur pouvait m'accorder un instant...

— Vite, je suis pressé.

— Il s'agit d'une affaire...

— Après ?

— ..... D'une affaire de billets... souscrits à M. Raimbaut.

— Raimbaut ! s'écria Arthur, en s'arrêtant court, vous venez alors pour ce paiement?...

— De douze mille sept cent quarante-trois francs, continua l'homme en lunettes, qui avait tiré de son portefeuille plusieurs papiers ; on a déjà eu l'honneur de se présenter hier, mais comme monsieur était absent, j'ai reçu l'ordre de passer ce matin...

— C'est-à-dire que vous êtes huissier, et que vous venez pour le protêt ?

— Dans le cas où monsieur ne jugerait pas à propos de faire honneur à sa signature...

De Luxeuil mesura l'huissier d'un regard presque menaçant.

— Attendez, lui dit-il brusquement.

Et, s'avançant vers Marquier, qui venait de remettre Lucifer à un domestique, il passa un bras sous le sien et le conduisit à l'écart, près d'un appenti servant de bûcher.

Leur conversation se prolongea assez long-temps à voix basse. Aux premiers mots prononcés par Arthur, le banquier avait paru se récrier et se défendre ; mais une nouvelle confidence sembla l'apaiser subitement ; il y eut entre lui et de Luxeuil un échange d'explications rapides, à la suite desquelles Marquier, convaincu, ordonna à l'huissier de le suivre, pour recevoir le paiement de ses billets, tandis qu'Arthur rentrait à l'hôtel.

A peine tous deux eurent-ils disparu, qu'un homme en pantalon de velours olive, les bras nus et la scie à la main, se montra à la porte

du bûcher : c'était Marc, le paysan de la Forge
des-Trois-Buttes, et le dépositaire du fragment
d'anneau remis par la baronne ! Il avait vu
tout ce qui venait de se passer, et, parmi les
paroles échangées entre de Luxeuil et le banquier, il avait distingué le nom d'Honorine !

Il s'arrêta d'abord près du seuil, paraissant
hésiter sur ce qu'il devait faire, réfléchit quelques instants, puis, comme frappé d'un trait
de lumière, il déposa précipitamment la scie
qu'il tenait, reprit sa casquette de cuir, sa veste
de commissionnaire, traversa la cour de
l'hôtel, et se dirigea rapidement vers la rue
des Morts.

XII

Une maison de la rue des Morts.

Quiconque a étudié les quartiers populaires de Paris, a nécessairement remarqué le rapport frappant qui existe entre l'aspect extérieur de chacun d'eux et la nature de ses habitants. Il y a un proverbe arabe qui dit que si l'on donnait une enveloppe de colimaçon à la tortue, elle y trouverait place pour ses quatre pattes. Or, ce qui n'est qu'une supposition

pour l'animal amphibie est la réalité même
pour l'homme. Telle est en effet sa puissance
d'appropriation qu'il finit par modifier tout ce
qui l'environne, selon ses habitudes et ses
goûts. Aussi y a-t-il pour qui regarde bien,
dans la situation d'un quartier, dans la physionomie de ses constructions, dans la nature
de ses boutiques, dans le choix des marchan-
dises, mille révélations qui ne peuvent tromper. On devine les instincts de la population
en voyant quels sont ses besoins.

La communauté même de misères ne peut
effacer ces marques distinctives : il y a souvent, entre deux quartiers également pauvres
des contrastes visibles pour l'œil le moins
attentif. Comparez, par exemple, la Cité à
Saint-Martin-des-Champs. Des deux côtés vous
trouverez même indigence, même abandon,
et, cependant, quelle différence ! les maisons
de la Cité à entrées obscures, à fenêtres tou-

jours fermées, entassées l'une sur l'autre, semblent n'avoir d'autre but que de dérober leurs
habitants à la clarté du jour ; ce sont moins
des demeures que des repaires. Là, les rues
étroites ne sont bordées que de rogomistes à
demi cachés, de tabagies aux vitres dépolies,
de gargotiers sans enseignes, de débits de tabac tenus par des hommes et de cabinets de
lecture dont les volets garnis d'affiches *illus-
trées* ne présentent que scènes de meurtre et
images de mort. Aucun bruit de métier annonçant le travail ; nul roulement de charrette
prouvant l'activité des transactions commer-
ciales ; point d'enfants sur les seuils ! Mais,
partout des hommes inoccupés qui se croisent
ou s'accostent, des femmes en haillons élégants
groupés devant les comptoirs des *marchands de
consolation*, et, de temps en temps, un fiacre
soigneusement fermé qui rase une des portes
obscures, s'arrête un instant, puis repart,

sans que l'on puisse dire s'il a pris ou laissé quelqu'un.

Mais c'est surtout la nuit que la Cité prend un aspect sinistre. La plupart des boutiques fermées dès huit heures laissent les rues sans autre clarté que celle des réverbères, que le vent balance et fait crier. De loin en loin seulement, quelques lanternes de marchands de vins ou de tabac brillent sourdement au milieu du brouillard nocturne, tandis que dans chaque enfoncement obscur se montre, comme un fantôme, quelque femme parée de haillons, qui vous appelle d'une voix rauque, ou quelque homme à l'affût, qui semble attendre une proie, le dos appuyé au mur et les deux mains sous son bourgeron.

A Saint-Martin-des-Champs rien de tout cela ! les rues sont larges, les maisons inondées de lumières, les seuils couverts d'enfants qui jouent et s'appellent. Aux fenêtres ouvertes

sèche la lessive de chaque ménage, témoignage
d'ordre et d'économie autant que de pauvreté.
Sous chaque haillon blanchi grimpe la capu-
cine veloutée, le volubilis aux teintes irisées,
et le pois de senteur. Des chants se mêlent au
bruit des marteaux ; les femmes entourent les
laitières, entrent chez le fruitier, ou reviennent des fontaines. C'est toujours la pauvreté,
sans doute, mais courageuse et sans honte ;
c'est la pauvreté qui se montre, parce qu'elle
n'a rien à se reprocher, et qu'elle n'a perdu
aucun des instincts humains ! la pauvreté ai-
mant le soleil, les fleurs et les enfants ! A la
Cité vous trouviez les vices créés ou mal com-
battus par une société égoïste ; à Saint-Martin-
des-Champs ce ne sont que les besoins qu'elle
néglige de satisfaire et les souffrances qu'elle
oublie de soulager. Là on a un égout que l'on
pourrait tarir, ici un champ de blé que l'on
ne veut pas bien cultiver ; mais, tels qu'ils

sont , l'égout répand ses influences malfai-
santes et communique la mort , tandis que le
champ de blé produit sa moisson !

Or, dans ce quartier de Saint-Martin-des-
Champs , dont nous avons essayé de donner
une idée, se trouve une rue peu connue, quoi-
qu'elle relie à leur extrémité les faubourgs
Saint-Martin et du Temple ; c'est la rue des
Morts. Malgré son nom lugubre, la rue des
Morts n'a rien de triste, et ses maisons d'ouvriers peuvent même être citées parmi les
moins mal entretenues et les mieux aérées.
Une d'elles surtout se faisait remarquer à l'é-
poque où se passent les événements rapportés
dans notre récit. Elle ne se composait que de
deux étages, et avait pour entrée une porte
cochère, dont l'élégance eût fait croire à une
habitation bourgeoise plutôt qu'à une demeure
d'ouvriers. Telle n'avait point été non plus
sa destination primitive ; mais le maître maçon

qui l'avait construite ne trouvant pas de locataires *comme il faut*, s'était décidé à en faire,
selon son expression, *un couvent de gueux*. Se
réservant le rez-de-chaussée, à côté duquel
s'étendait un assez vaste chantier, il avait loué
le reste, par pièces séparées, à de pauvres
diables qui devaient lui payer leur loyer par
semaines, et auxquels il n'accordait jamais
le moindre répit ; car maître Laurent, comme
beaucoup d'ouvriers parvenus, se montrait
impitoyable pour ceux qui avaient été moins
heureux que lui. Favorisé par une santé de
fer et par cette activité persistante qui réussit
plus sûrement qu'une large intelligence, il
était devenu successivement tâcheron, puis
maître, puis entrepreneur, et avait fini par
s'enrichir. Aussi, fort de sa réussite, s'en
armait-il sans cesse contre ses anciens compagnons. A toutes les plaintes, il ne répondait
qu'une seule chose.

—Fais comme moi !

C'était le raisonnement de la grenouille
échappant à l'épervier en plongeant dans les
eaux et criant au roitelet de l'imiter ; mais
maître Laurent n'en était point encore à savoir
que dans ce partage des professions dont notre
société laisse le soin au hasard, l'aptitude et
la réussite ne peuvent être un fait volontaire,
mais une rare exception.

Quoi qu'il en soit, l'exigence du maître
maçon avait eu pour résultat de le débarrasser
de tous les mauvais payeurs qui avaient été
successivement remplacés par des gens tran-
quilles et rangés dont le loyer ne se faisait jamais attendre. Ce corps de locataires d'élite,
comme les appelait maître Laurent qui, en sa
qualité de sergent dans la garde nationale,
affectionnait les images militaires, avait pour
vaguemestre et pour fourrier le sieur Brousmiche, dit *la Montagne*, petit bossu qui rem-

plissait dans la maison les fonctions de
portier.

Condamné au ridicule par son infirmité,
Brousmiche avait pris la vie du côté de la résignation : il eût été difficile de trouver un
caractère plus inoffensif et plus conciliant.
Comme, d'après son propre dire, aucune
femme n'avait jamais pu le regarder sans rire,
il s'était résigné au célibat, et avait concentré
toutes ses affections sur un chat et un chardonneret, *lolo* et *fanfan*, qui lui tenaient lieu
de famille.

Malheureusement, tous ses efforts pour établir une amitié fraternelle entre ses deux pro-
tégés, avaient été jusqu'alors inutiles, et il
voyait avec douleur, se renouveler sous ses
yeux, l'histoire d'Abel et de Caïn. Plusieurs
fois déjà, l'Abel emplumé avait failli tomber
sous les griffes du fratricide, et Brousmiche
venait de prévenir un nouvel acte de ce genre,

lorsqu'une jeune femme en bonnet et enveloppée d'un tartan, entra dans la loge, un carton à la main.

Elle trouva le bossu debout devant son chat auquel il adressait les reproches les plus pathétiques sur son nouvel attentat.

— Comment, s'écria la jeune femme, qui s'était arrêtée à la porte, ce monstre de *lolo* a encore voulu plumer le chardonneret?

— Ne m'en parlez pas, madame Charles, dit le bossu, en portant la main à sa calotte grecque, par une habitude machinale de politesse; le malheureux me fera mourir de chagrin.

— Mais il faut le battre, dit la grisette en s'approchant du matou, comme si elle eût voulu joindre l'exemple au conseil.

Le bossu se plaça devant son chat.

— Faites excuse, madame Charles, dit-il en avançant la main d'un air doctoral; mais vous savez que les coups n'entrent point dans mes idées d'éducation.

— Bah ! reprit la jeune femme en riant : l'éducation d'un chat ! vous respectez trop les bêtes, monsieur Brousmiche.

— En tout cas, je ne suis pas le premier, reprit le bossu, qui se piquait de lecture, et qui avait, au-dessus de son poêle, une étagère couverte de volumes dépareillés ; les Egyptiens des pyramides adoraient toutes espèces d'animaux.

— Vrai ! interrompit madame Charles.

— Mon Dieu, il ne faut s'étonner de rien, continua Brousmiche d'un air indulgent ; on voit encore des choses aussi drôles. Vous savez bien ? par exemple, les Anglais, c'est un peuple qui peut passer pour civilisé.

— Je crois bien, ce sont eux qui font les meilleures aiguilles.

— Et les couteaux donc ? et les fruits !...

Nous leur devons les poires d'Angleterre.

— Et bien! quoi, est-ce qu'ils adorent aussi les bêtes ?

— Pas précisément ; mais je lisais encore l'autre jour, dans un journal, qu'il y avait chez eux une loi qui défendait aux cochers de fouetter leurs chevaux.

— C'est-il possible ! et comment alors les fiacres peuvent-ils marcher ?

— Les chevaux y mettent de la délicatesse, voyez-vous, madame Charles, il suffit de leur parler. Vous ne vous doutez pas combien les animaux sont susceptibles. C'est comme les femmes... sans comparaison... Mais pardon, je vous laisse là, moi, sans vous offrir une chaise et sans prendre même votre carton.

— Oh! de la gaze, ce n'est pas lourd, dit la jeune femme, en posant le carton sur le poêle, je suis allée chercher l'ouvrage de la semaine.

— Pour vos fausses fleurs ? et ça va-t-il toujours bien ?

— Mais, pas mal.

— Allons, tant mieux, il est juste que les braves gens prospèrent, surtout quand ils ont des charges comme vous, madame Charles.

— Vous dites ça à cause de mon fils... pauvre chérubin ! c'est vrai qu'il a une nourrice à quinze francs, mais je veux qu'il ne manque de rien, monsieur Brousmiche, c'est bien assez de n'avoir pu le nourrir moi-même. Cher amour ! j'aurais voulu lui donner mon sang, voyez-vous.

En parlant ainsi, la grisette avait la voix émue et les yeux humides. Le portier remua la tête d'un air d'approbation.

— Oui, oui, vous êtes un cœur d'or, madame Charles, dit-il ; si tout le monde vous ressemblait on ne verrait pas des choses si

tristes... comme, par exemple, des femmes
qui ont toujours le martinet à la main.

— A preuve, madame Lecoq, ma voisine?
C'est vrai qu'elle est bien méchante... et ce
n'est pas seulement avec ses enfants. Avant-
hier encore elle m'a entreprise, parce qu'elle
disait qu'en venant chez moi on avait sali le
palier. Elle m'a reproché de ne pas être mariée
avec Charles.

Brousmiche leva les yeux et les mains au
ciel.

— Si on peut faire du chagrin à une véritable brebis du bon Dieu! murmura-t-il.

— Oh! elle ne m'a pas fait de chagrin, reprit la jeune femme, dont la voix tremblante
démentait les paroles; comme je lui ai dit, si
je ne suis point mariée avec Charles je né
m'en conduis pas moins comme une honnête
femme....

— Ah! Seigneur! à propos de monsieur

Charles, reprit le bossu, je ne sais pas, en vérité, où est ma tête ce soir; j'ai là une lettre
de lui...

— Une lettre de Charles ! s'écria la grisette,
ah ! donnez, monsieur Brousmiche , donnez
donc !...

Elle prit vivement la lettre et regarda l'a-
dresse.

— Oui, oui, c'est bien de lui , dit-elle pal-
pitante de joie ; voyez comme il a une jolie
écriture, oh ! pauvre cher...

Elle effleura le papier de ses lèvres, puis regardant le bossu moitié honteuse , moitié riante :

— Vous devez me trouver folle, monsieur
Brousmiche , dit-elle , mais que voulez-vous,
je l'aime tant, et puis... c'est le père de mon
petit Jules !

— Ça se comprend, madame Charles, croyez
bien que ça se comprend, dit le portier, en
portant la main à sa poitrine , avec une ex-

pression de sensibilité qui eût été touchante si la disgrâce de tous ses mouvements ne l'eût rendu grotesque.

La jeune femme avait ouvert la lettre et s'était mise à la lire : Brousmiche, avec un tact de délicatesse que l'on n'eût attendu ni de son éducation ni de sa classe, détourna la tête pour la laisser plus libre et affecta de rattacher les épis de millet dont la cage de son chardonneret était garnie. Mais la grisette s'écria tout-à coup :

— Ah! quel bonheur! il viendra aujourd'hui!

— Qui cela, demanda le bossu, monsieur Charles?

— Oui, mon bon monsieur Brousmiche, continua Françoise en se hâtant de replier sa lettre et de reprendre son carton; vite, vite, il faut que je remonte... ma chambre doit être tout en désordre.

— Et puis, dit Brousmiche, d'un ton de

moquerie amicale, il faut faire sa toilette?

— Certainement, s'écria la grisette, pour qui donc est-ce qu'on se ferait belle, si ce n'était pas pour l'homme qu'on aime? D'ailleurs, ça fait plaisir à Charles de me voir bien mise, ça me relève à ses yeux, et pour ça, voyez-vous, monsieur Brousmiche, je consentirais à ne manger qu'une fois tous les deux jours. Mais vous me faites jaser et je perds mon temps! Adieu monsieur Brousmiche, adieu mon petit *Fanfan*; quant à vous monsieur *Lolo* je ne vous dis rien. Au revoir, à demain.

Elle avait allumé son bougeoir à la lampe du bossu et monta lestement l'escalier pour ne s'arrêter qu'au troisième étage.

Comme elle allait ouvrir la porte, elle parut frappée d'un souvenir.

— Ah! mon Dieu! murmura-t-elle à demi-voix, j'allais oublier ce pauvre M. Michel; pourvu que Charles n'arrive pas tout de suite!

Elle entra vivement, déposa son carton, ouvrit une armoire sous tenture qui renfermait toute sa batterie de cuisine, en tira un réchaud qu'elle alluma et sur lequel elle posa un poëlon de terre brune rempli de lait.

Pendant que celui ci chauffait, elle se débarrassa de son tartan, ôta son bonnet et commença sa toilette.

Madame Charles, que l'on appelait aussi mademoiselle Françoise, de son nom personnel, était une belle fille d'environ vingt-trois ans, dont toute l'apparence annonçait la santé, la force et la bonté. Bien que sa taille fût souple et fine, ses traits délicats et son teint d'une blancheur veloutée, il y avait, dans l'ensemble de sa personne, je ne sais quoi de calme, de simple et de gauchement gracieux qui lui donnait une sorte de beauté paysanne. Rien qu'à la regarder, on la sentait incapable de la plus innocente coquetterie. Ne voyant en toute chose que ce qui était droit devant ses yeux , elle se présentait avec les défauts et avec les dons que Dieu lui avait donnés, sans y rien ajouter et sans en rien cacher. Avec elle on ne pouvait ni espérer le plaisir de la découverte, ni craindre les désappointements de l'examen; du premier coup d'œil on avait tout vu.

Cette droiture native lui donnait un charme pour ainsi dire reposant. On éprouvait à la regarder la même sensation douce et sereine que donne l'aspect d'un lac dont les eaux paisibles reflètent les bois, les fleurs et le ciel.

Après s'être coiffée à la hâte, Françoise passa une robe de mousseline à fleurs roses et mit une guimpe blanche, dont l'élégance champêtre et endimanchée s'harmonisait merveilleusement avec sa physionomie naïve. Elle suspendit à son cou une petite croix d'or retenue par un velours étroit, ajouta à ses boucles d'oreille deux pendelocques en nacre de perles et agrafa à ses poignets des bracelets de corail.

Ainsi parée de ce qu'elle avait de plus riche, elle tourna en tout sens pour se voir tout entière dans son petit miroir d'un pied carré, passa plusieurs fois la main sur ses cheveux, et, satisfaite enfin, se hâta de tout mettre en ordre autour d'elle.

Courant ensuite à son réchaud, elle versa le lait bouillant dans une tasse de porcelaine blanche qu'elle posa sur une assiette, y joignit un petit pain, la seule cuiller d'argent qu'elle possédât et quitta sa chambre pour monter aux mansardes.

XIII

Un vieil ami du genre humain.

Maître Laurent s'était réservé toutes les mansardes, sauf une seule. Ce fut vers elle que se dirigea Françoise. Elle arriva à une petite porte de sapin qui n'était point peinte, y frappa doucement; et sur la réponse : — Entrez, elle souleva le loquet et se glissa dans la mansarde.

Celle-ci, placée à l'extrémité de la maison,

sous la partie la plus basse du toit, méritait à peine ce nom, et celui de grenier lui eût, à tous égards, mieux convenu. Carrelée de briques dépareillées que le maître maçon avait voulu utiliser, et lambrissée seulement à hauteur d'appui, elle laissait voir à nu, partout ailleurs, la charpente et les tuiles, entre lesquelles glissait le vent du soir, comme le prouvaient les oscillations du quinquet accroché au-dessous.

Ce dernier éclairait une large table couverte d'*états* chiffrés, dont la copie faisait vivre le maître de la mansarde, et de plans et de papiers dont il s'occupait à ses instants de loisir.

Quand Françoise entra, M. Michel (c'était son nom) était courbé sur une grande carte qu'il semblait étudier.

Sa tête chauve au sommet, mais qui avait encore gardé, plus bas, une couronne de che-

veux blancs, présentait un développement
vaste et harmonieux. Ses traits, fortement ac-
centués, avaient une noblesse austère et une
sorte de grandeur dont on demeurait frappé
malgré soi. Il était de taille moyenne, maigre
et courbé, mais la vigueur de son organisation
se révélait encore sous sa verte vieillesse. Vêtu
d'une pelisse de forme ancienne, et garnie de
fourrures maintenant râpées, mais qui avaient
été précieuses, il se tenait les pieds et les jambes enveloppés dans un sac de peau de mou-
ton, moyen de chauffage aussi économique
que nécessaire, car la mansarde n'avait ni
poêle ni foyer. Tout son ameublement consis-
tait en un lit de sangle, à moitié caché par une
vieille tapisserie fixée au toit, en une chaise
de paille, une petite armoire peinte et quelques rayons de sapin chargés de liasses de papiers.

La table et le fauteuil qui servaient au tra-

vail du vieillard formaient seuls contraste avec
ce mobilier indigent. Tous deux étaient en
ébène massif, précieusement travaillé, et appartenant, par la forme, au siècle de Louis XIII.
Le dos du fauteuil, droit et élevé, se termi-
nait par un chiffre découpé à jour, et sur-
monté d'une rosace, tandis que le bureau,
incrusté de filets d'ivoire souvent brisés ou
interrompus, était orné, sur le devant, d'un
petit écusson émaillé, qui avait résisté à toutes les injures du temps.

Au bruit que fit la jeune femme en entrant,
le vieillard se détourna, et un sourire éclaira
son visage austère.

— Ah ! c'est ma jolie ménagère, dit-il.

— Je suis peut-être en retard, fit observer
Françoise, en posant ce qu'elle apportait sur
un petit guéridon qu'elle approcha du bureau;
mais j'étais sortie... puis il a fallu m'habiller...

M. Michel la regarda.

— Eh! je n'y prenais pas garde, dit-il, voilà en effet une toilette dont M. Charles devra être satisfait.

— Il m'a écrit qu'il allait venir, reprit joyeusement Françoise, en regardant vers la porte et en prêtant l'oreille.

— Alors, je ne veux pas vous retenir, chère enfant, dit M. Michel, qui tourna son fauteuil vers le guéridon, il faut descendre tout de suite.

— Non, non, reprit la jeune fille, chez qui la bonté combattait l'impatience, d'ici je puis écouter si l'on frappe à ma porte, et, en attendant, je vous tiendrai compagnie comme d'habitude... Vous m'avez répété bien des fois que vous mangiez de meilleur appétit quand vous n'étiez point seul...

— Bonne fille! murmura M. Michel, comme s'il se parlait à lui-même; ah! quel malheur qu'elle n'était pas née un siècle plus tard!

—Pourquoi cela, monsieur Michel? demanda Françoise en souriant.

— Pour bien des choses, mon enfant, reprit le vieillard; avant un siècle, il se sera accompli dans le monde, s'il plaît à Dieu et au bon sens des hommes, de grands changements!

— Qu'est-ce que cela pourrait me faire à moi, pauvre fille? demanda la fleuriste.

— D'abord il n'y aura plus alors de pauvres filles, reprit M. Michel, si ce n'est celles à qui la nature aura refusé la santé, la bonne humeur et la beauté... Encore tâchera-t-on de les dédommager par tout ce qui peut se donner; mais les créatures douées comme vous de ce qui fait la richesse et la joie des hommes seront les reines du monde!

—Ah! grand Dieu! je ne voudrais pas être reine, interrompit Françoise, il y a trop de chagrins et d'ennuis...

— La royauté dont je parle n'aura rien de commun avec celle que nous connaissons, chère enfant, reprit le vieillard ; ce sera une supériorité spontanée, librement reconnue, et à laquelle pourra prétendre quiconque servira le genre humain. Elle ressemble à la royauté du cheval parmi les animaux domestiques, ou de la rose parmi les fleurs ; loin de la contester comme un privilége oppressif, on en jouira comme d'un don concédé au profit de tous.

— A la bonne heure, dit Françoise, qui, dans cette explication, n'avait compris qu'une seule chose, l'espérance en un avenir où tout le monde serait heureux ; à la bonne heure, monsieur Michel, mais ce n'est point pour moi qu'il faudrait souhaiter une vie moins triste ; je suis jeune, j'ai du travail, et tant que Charles m'aimera, je n'ai rien à demander ; mais il y en a d'autres qui sont vieux, dans la peine, et tout seuls ! C'est envers ceux-là que

le monde n'est pas juste. Ah! vous parliez tout-
à-l'heure de royauté; eh bien! oui, je voudrais
être reine, seulement un jour, pour faire du
bien aux honnêtes gens qui souffrent sans le
mériter.

Le vieillard, qui avait commencé à manger,
s'arrêta et regarda la grisette.

—C'est à moi que vous pensez, Françoise?
demanda-t-il doucement.

—Faites excuse, Monsieur, répondit celle-
ci un peu confuse, je n'ai point voulu vous offenser.

— M'offenser, pauvre enfant! en êtes-vous
capable? La pitié ne blesse que les orgueilleux;
pour les autres, c'est la meilleure consolation. Si vous désirez être reine, ce serait surtout, je parie, pour enrichir votre vieux voisin.

—Eh bien! oui, s'écria la grisette, puisque
je puis le dire sans vous fâcher; oui, je vou-

drais pouvoir vous donner tout ce qui vous
manque... parce que ça me fend le cœur de
penser que vous demeurez ici... dans une
mansarde où le vent entre de tous côtés... Ah!
si seulement vous m'aviez laissé acheter ce
poêle que les gens du second proposaient d'é-
changer.

—Et pour lequel vous vouliez donner votre
commode?

— Je n'en ai pas besoin; vrai, mon bon
monsieur Michel, le secrétaire me suffit...
Mais vous avez refusé si sérieusement... que
je n'ai pas osé vous en reparler... et maintenant l'occasion est manquée!... peut être cependant qu'en cherchant...

— Non, Françoise, je ne veux pas. Je vous
ai, d'ailleurs, prouvé, ma chère enfant, qu'il
n'y avait point ici de place pour le mettre.

—C'est bien là ce qui me tourmente, de
vous voir si mal logé, dit la grisette, en regar-

dant autour d'elle. Oh! quelquefois quand je
travaille seule, le soir, je me mets à rêver tout
éveillée. Je me figure que je deviens riche,
tout d'un coup, comme dans les histoires, et
alors je règle, en idée, ce que je ferai de ma
fortune... mais je ne sais pas pourquoi je vous
raconte ces folies!...

— Continuez, je vous en prie, continuez.
Vous réglez donc l'emploi de votre fortune?

— Oui, Monsieur, je fais des parts pour
chacun...

— Et je suis sûr que vous ne m'oubliez pas?

— C'est ce qui vous trompe : je ne mets
rien pour vous.

— En vérité?

— Non, parce que je me figure que vous êtes
habitué à me voir, et que vous aimeriez mieux
ne pas me quitter. Aussi, je vous établis chez
moi, dans mon hôtel!... car j'ai un hôtel. J'ai

déjà choisi votre appartement; une chambre à coucher et un cabinet de travail, garnis de tapis, bien meublés, et en plein midi pour que vous ayez du soleil. Il y aurait un domestique rien que pour vous, une bonne voiture qui vous conduirait tous les jours au jardin des Tuileries; au retour, on dînerait ensemble, et rien ne vous manquerait, car je connais vos goûts, et ce serait moi qui ordonnerais les repas!... N'est-ce pas que c'est un beau rêve, et que je serais bien heureuse si j'avais pour marraine une fée!... Mais qu'avez-vous donc? vous ne mangez plus, vous avez l'air de ne plus m'écouter, vous ne répondez pas...

Le vieillard avait en effet cessé de manger, et il gardait le silence, mais il avait tout écouté, et quand il releva son visage, jusqu'alors baissé, Françoise aperçut une petite larme qui glissait le long de ses joues ridées.

— Ah! mon Dieu! est-ce que je vous ai fait du chagrin, s'écria-t-elle.

M. Michel lui prit les deux mains et les serra dans les siennes.

— Je voudrais que vous fussiez ma fille, Françoise, dit-il d'un accent profond.

— Eh bien! regardez que je la suis, cher monsieur Michel, répondit la grisette avec une gaîté tendre; et alors laissez-moi tout arranger ici à ma fantaisie... en attendant que j'aie un hôtel. Je suis sûre que si le poêle...

Le vieillard lui imposa silence.

— Assez, mon enfant, assez, interrompit-il d'un ton de douce autorité, les filles doivent obéissance à leur père, et moi je vous ordonne de me laisser, de peur que monsieur Charles n'arrive sans que vous l'entendiez.

— Mais vous allez demeurer seul?

Il secoua la tête en souriant.

— Je ne suis jamais seul, chère enfant, car j'ai, comme vous, mes rêves qui me tiennent compagnie.

— Vos rêves, monsieur Michel?

— Oui, je fais aussi des projets pour un vieillard bien abandonné et bien misérable.

— Quel vieillard?

— Le genre humain, mon enfant. Mais, allons, vous voyez que j'ai fini, Françoise; emportez tout, et descendez, je vous en prie pour l'amour de moi.

La grisette ne se fit pas presser plus long-temps. Elle s'assura que tout était en ordre dans la mansarde, reprit la tasse, la cuiller d'argent, le plateau, souhaita le bonsoir à son voisin et se retira.

Il y avait déjà deux ans qu'elle s'était fait la ménagère de ce dernier, par pure bienveil-lance, et qu'elle l'entourait de tous les soins qu'eût pu attendre d'elle un vieux parent ou un vieil ami.

M. Michel n'était pourtant ni l'un ni l'autre. Il y avait même sur son passé une sorte de mystère que la grisette n'avait pu pénétrer. A en croire certaines habitudes et certains mots qui lui échappaient parfois, son protégé de la mansarde avait dû connaître des jours meilleurs ; mais quelle avait été, au juste, son ancienne position ; comment s'était-elle transformée, d'où venait sa réserve affectée sur tout ce qui le concernait? Nul n'avait pu le deviner.

Françoise venait d'ouvrir la porte de son logement et allait y entrer, lorsqu'elle entendit au bas de l'escalier une voix à laquelle répondait celle du portier; elle s'arrêta en penchant la tête pardessus la rampe ; un pas qu'elle reconnut faisait déjà crier les marches; elle rentra avec une exclamation de joie, déposa ce

qu'elle portait, et revint en courant sur le palier au moment où un petit homme y arrivait.

— Charles! s'écria-t-elle en s'élançant à sa
rencontre.

— Me voilà, ma biche, dit le visiteur, en
déposant un baiser retentissant sur la joue que
la grisette lui tendait. Tu as reçu ma lettre,
n'est-ce pas?

— Oh! oui, je vous attendais; mais entrez
vite, il fait du vent dans cet escalier, et vous
avez l'air de souffrir du froid.

—C'est le brouillard, dit le petit homme en
suivant Françoise dans sa chambre; il fait un
temps à ne pas distinguer un chiffonnier d'un
omnibus. Heureusement que j'avais pris mon
paletot en caoutchouc et mon cache-nez....
Prrr... Attends, ma biche; attends que je me
dépouille.

Il enleva la cravate de laine qui l'envelop-
pait jusqu'aux oreilles, se débarrassa de son

surtout, ôta son chapeau, et montra aux yeux
de Françoise la petite figure ronde et joufflue
d'Aristide Marquier!

FIN DU PREMIER VOLUME.

TABLE:

www.ingramcontent.com/pod-product-compliance
Lightning Source LLC
Chambersburg PA
CBHW050149030726
47505CB00005B/1291